Von James Blish sind bereits im
Goldmann Verlag erschienen:

Die Original-Abenteuer von Raumschiff Enterprise 1
Der unwirkliche McCoy · 23730

Die Original-Abenteuer von Raumschiff Enterprise 2
Strafplanet Tantalus · 23731

Die Original-Abenteuer von Raumschiff Enterprise 3
Spock läuft Amok · 23732

Die Original-Abenteuer von Raumschiff Enterprise 4
Das Silikonmonster · 23733

Die Original-Abenteuer von Raumschiff Enterprise 5
Der Asylplanet · 23734

Die Original-Abenteuer von Raumschiff Enterprise 6
Die Lichter von Zhetar · 23735

Die Original-Abenteuer von Raumschiff Enterprise 7
Das Paradies-Syndrom · 23737

Die Original-Abenteuer von Raumschiff Enterprise 8
Der Doppelgänger · 23738

Die Original-Abenteuer von Raumschiff Enterprise 9
Rückkehr zum Morgen · 23739

Die Original-Abenteuer von Raumschiff Enterprise 10
Ein kleiner Privatkrieg · 23740

Die Original-Abenteuer von Raumschiff Enterprise 11
Der Tag der Taube · 23741

Die Original-Abenteuer von Raumschiff Enterprise 12
Spock muß sterben · 23742

SCIENCE FICTION
ABENTEUER

JAMES BLISH

RAUMSCHIFF ENTERPRISE 4

Das Silikonmonster

STAR TREK® 4

GOLDMANN VERLAG

Aus dem Amerikanischen übertragen von Hans Maeter,
überarbeitet von Hermann Urbanek

Der Goldmann Verlag
ist ein Unternehmen der Verlagsgruppe Bertelsmann

Made in Germany · 8/88 · 2. Auflage

Adapted by: James Blish based on the television series
created by Gene Roddenberry

Eine frühere Ausgabe erschien unter dem Titel »Enterprise 4«
1972 im Williams Verlag GmbH, Alsdorf
Umschlagentwurf: Design Team München
Umschlagillustration: Eddie Jones/Agt. Schlück, Garbsen
Satz: IBV Satz- und Datentechnik GmbH, Berlin
Druck: Elsnerdruck, Berlin
Verlagsnummer: 23733
Lektorat: Hermann Urbanek/Peter Wilfert/CG
Herstellung: Peter Papenbrok/Voi
ISBN 3-442-23733-5

1) TV-Titel: Reise nach Babel

2) TV-Titel: Die unsichtbare Falle
3) TV-Titel: Epigonen

ALLE UNSERE GESTERN

Der Stern Beta Niobe würde – nach den Berechnungen des Computers – in etwa dreieinhalb Stunden zur Nova werden. Sein einziger Satellit, Sarpeidon, war ein Planet der Klasse M, der nach den letzten Berichten von einer humanoiden Rasse bewohnt wurde, die zwar zivilisiert war, aber den Raumflug nicht kannte. Trotzdem zeigten die Sensoren der *Enterprise,* daß keine intelligenten Lebensformen auf dem Planeten zurückgeblieben waren.

Aber sie zeigten auch, daß ein starker Energie-Generator noch funktionierte. Das bedeutete, es konnte immer noch Leben dort unten geben, das die Männer der *Enterprise* finden und retten mußten, bevor der Planet zerstört wurde.

Scott richtete den Transporter auf die Energiequelle, und Sekunden später materialisierten Kirk, Spock und McCoy in einem ziemlich großen Raum, der von Regalen und Aktenschränken in mehrere Sektionen unterteilt war. Eine dieser Abteilungen enthielt einen Schreibtisch und mehrere Bücherregale. In einem anderen befanden sich kompliziert wirkende Apparaturen, die offensichtlich in Betrieb waren. Kirk starrte auf die zuckenden Zeiger ihrer Skalen, die blinkenden Lichter und surrenden Motoren. Dann blickte er zu Spock hinüber, der seinen Tricorder auf die Anlage gerichtet hatte.

»Das ist anscheinend die Energiequelle«, sagte der Erste Offizier. »Aber was sie *bewirkt,* weiß ich auch nicht.«

Kirk entdeckte eine vertraute Installation: ein audiovisuelles Gerät. Es war mit mehreren Schreibtischen verbunden, die mit Projektoren, kleinen Bildschirmen und Kopfhörern ausgestattet waren. Hinter ihnen befand sich ein Lagerraum für Video-Bänder; die Tür stand offen.

»Kann ich Ihnen irgendwie behilflich sein?«

Die drei Männer fuhren herum. Vor ihnen stand ein würdig, fast majestätisch wirkender Mann in mittleren Jahren. »Ich bin der Bibliothekar«, sagte er freundlich.

»Ja, vielleicht können Sie uns helfen, Mr....«

»Atoz. Ich muß zugeben, daß ich ein wenig überrascht bin. Ich hatte geglaubt, daß alle anderen längst fort seien. Aber es freut mich, Sie hier zu sehen. Schließlich liegt der Sinn einer Bibliothek darin, daß jemand sie benutzt.«

»Sie sagen, daß alle anderen fort sind. – Wohin?«

»Das war selbstverständlich jedem selbst überlassen. Und falls Sie erfahren wollen, wohin sich irgendein bestimmter Mensch gewandt hat, so kann ich Ihnen leider darüber keine Auskunft geben. Diese Informationen sind streng vertraulich.«

»Nein«, sagte McCoy, »uns interessiert nicht irgendeine bestimmte Person. Wir wollen nur ganz allgemein wissen, wohin die Bevölkerung gegangen ist.«

»Ach so. Ich verstehe. Sie wissen noch nicht, wohin Sie gehen wollen, und können sich nicht entscheiden, nicht wahr? Ja, wer die Wahl hat, hat die Qual, sagt das Sprichwort; aber vielleicht kann ich Ihnen helfen. Würden Sie bitte mit mir kommen?« Mit einer leichten Verbeugung führte Atoz die drei Männer in die Abteilung, in der sich die audiovisuellen Geräte befanden. Anscheinend, überlegte Kirk, hielt Atoz sie für Bewohner dieses Planeten und glaubte, daß auch sie eine Zuflucht vor der unmittelbar bevorstehenden Katastrophe suchten. Nun, sollte er. Es gab keine bessere Möglichkeit, um festzustellen, wohin alle anderen gegangen waren.

Und dann blieb er überrascht stehen: Er hätte schwören mögen, daß Atoz hinter ihnen ging. Doch plötzlich sah er ihn vor sich aus dem Lagerraum für Video-Bänder lächelnd auf sie zukommen.

»Wie zum Teufel kommt er denn dorthin?« flüsterte Kirk verblüfft.

»Jeder Projektionstisch in diesem Raum kann individuell bedient werden«, sagte Atoz, als ob das alles erklären würde. »Sie können jedes beliebige von über zwanzigtausend Versim-Bändern wählen. Ich bin sicher, daß Sie etwas finden, was Ihnen zusagt.« Er wandte sich an Kirk. »Haben Sie ein besonderes Interessengebiet, Sir?

»Wie ist es mit der Geschichte der jüngsten Vergangenheit?«

»Zu schade, Sir. Gerade auf diesem Gebiet haben wir leider sehr wenig Material. Es hat sich kaum jemand dafür interessiert.«

»Es braucht nicht sehr umfangreich zu sein. Ich möchte nur ein paar Fragen beantwortet haben.«

»Wenn es so ist... Das Register befindet sich im zweiten Raum links.«

Jetzt war Kirk nicht mehr überrascht, den seltsamen Mr. Atoz bereits dort vorzufinden, als er den Raum betrat. Aber da war noch etwas: Kirk hatte den Eindruck, daß Mr. Atoz ihn irgendwie jetzt zum erstenmal sah. Und diese Vermutung wurde auch sofort bestätigt.

»Wo bleiben Sie denn?« fuhr er Kirk ärgerlich an. »Warum kommen Sie so spät?«

»Wir haben erst jetzt gehört, was passiert, und sind sofort hergekommen.«

»Es war meine Schuld«, sagte Spock. »Ich habe einen Kalkulationsfehler gemacht. Die Sensoren des Raumschiffes haben angezeigt, daß es kein Leben mehr auf diesem Planeten gibt.«

»In ein paar Stunden ist diese Feststellung auch absolut richtig«, sagte Atoz. »In ein paar Stunden würden Sie drei tot sein – verdampft. Sie sind wirklich im allerletzten Moment gekommen.«

»Sie wissen also, was geschehen wird?« fragte McCoy.

»Natürlich weiß ich es. Wir sind schon lange vor der Nova gewarnt worden. Alle anderen haben sich an die gegebenen Instruktionen gehalten und befinden sich jetzt in Sicherheit. Und Sie sollten das gleiche tun.«

»Sie sagen, die anderen sind in *Sicherheit*?«

»Absolut«, sagte Atoz stolz. »Jeder einzelne von ihnen.«

»Aber wo? Wohin sind sie gegangen?«

»Wo immer jeder einzelne hin wollte, natürlich. Das blieb jedem selbst überlassen.«

»Und Sie allein haben alle Bewohner dieses Planeten in Sicherheit gebracht?«

»Ja«, sagte Atoz schlicht. »Ich bin stolz darauf. Natürlich mußte ich die einfacheren Aufgaben meinen Imagos überlassen; aber die Verantwortung lag allein bei mir.«

»Ich glaube, wir haben schon zwei von Ihren Imagos kennengelernt«, sagte Kirk. »Sie sind der wirkliche Mr. Atoz, nehme ich an.«

»Natürlich.«

McCoy hatte schon einen Tricorder auf den Mann gerichtet. »Stimmt, Jim. Er ist real. Und das erklärt auch, warum unsere Sensoren nicht angesprochen haben. Wenn nur ein einziger Mensch zurückgeblieben ist, sind die Energieausstrahlungen natürlich zu gering. – Ist Ihnen eigentlich klar, Sir, daß Sie sterben, wenn Sie hier bleiben?«

»Natürlich. Und ich werde meiner Frau und meinen Kindern folgen, wenn es soweit ist. Aber machen Sie sich keine Gedanken über mich. Denken Sie an Ihre eigene Sicherheit.«

Kirk seufzte. Der Mann war so stur, daß es fast wie eine Manie wirkte. Aber gerade so einen Mann hatte man für diese Aufgabe gebraucht. Oder aber die Aufgabe hatte ihn zu so einem Mann geformt.

»Also gut«, sagte er resigniert. »Was sollen wir tun?«

»Die Geschichte dieses Planeten ist in allen Details registriert«, sagte Atoz und deutete auf die Bänder, die in den Regalen lagen. »Sie brauchen nur zu wählen, was Sie am meisten interessiert – das Jahrhundert, den Monat, den Tag, die Stunde. Aber denken Sie daran, daß Sie sehr spät gekommen sind und nicht mehr viel Zeit haben.«

Kirk und McCoy setzten Kopfhörer auf. Atoz wählte zwei Bänder aus und setzte sie in die Projektoren ein.

»Danke, Sir«, sagte Kirk. »Wir werden uns beeilen.« Er bot auch Spock einen Kopfhörer an; aber der Erste Offizier schüttelte den Kopf und ging zu der großen Apparatur, die ihn von Anfang an interessiert hatte und die Atoz jetzt einschaltete.

Kirks Bildschirm wurde hell, und er sah eine leere Straße – kaum breiter als eine Gasse –, die er im England des siebzehnten Jahrhunderts vermutet hätte. Ein rascher Blick informierte ihn, daß McCoys Bildschirm ein weniger interessantes Panorama zeigte: eine arktische Eiswüste. Atoz hatte wirklich eine komische Vorstellung von…

Der gellende Schrei einer Frau zerriß seine Gedanken.

Kirk sprang auf und riß den Kopfhörer von den Ohren.

Wieder der Schrei. Und er kam nicht aus dem Kopfhörer, sondern von draußen.

»Hilfe! Sie wollen mich ermorden!«

»Spock! Pille!« Kirk rannte schon zur Tür.

Hinter ihnen hörten sie Atoz' Stimme: »Halt! Halt! – Ich habe Ihnen nicht erklärt…«

Als Kirk aus der Tür stürzte, verstummte die Stimme. Als ob sie jemand abgeschaltet hätte.

Er stolperte und kam zum Stehen – in der engen Gasse, die er eben auf dem Bildschirm gesehen hatte!

Es blieb ihm keine Zeit, darüber erstaunt zu sein. Die Gasse war nebelig und kühl, und wieder hörte er den gellenden Schrei. Er schien aus der nächsten Seitenstraße zu kommen.

Und dann eine Männerstimme: »Wenn du nett bist, überlege ich mir's vielleicht noch einmal.«

Kirk bog vorsichtig um die Ecke. Ein junger Mann in Samtanzug und Spitzenhemd, einen Degen an der Seite, rang mit einem jungen Mädchen, das wie eine Zigeunerin gekleidet war. Sie wehrte sich verzweifelt, biß und kratzte; aber er war viel stärker als sie und versuchte, sie brutal zu Boden zu werfen. Ein zweiter, noch dandyhafter wirkender Mann stand an die Hauswand gelehnt und sah mit amüsiertem Grinsen zu.

Und dann gelang es dem Mädchen, den Mann in die Hand zu beißen.

»Au! – Teufelsbraten!« Er holte aus und wollte sie ins Gesicht schlagen. Aber es kam nicht dazu. Kirk umklammerte seinen rechten Arm und hielt ihn fest.

»Lassen Sie sie in Ruhe!«

Das Mädchen befreite sich und sprang zur Seite.

Der Mann starrte Kirk wütend an. »Komm, wenn du gerufen wirst, Sklave!« schrie er und schlug nach Kirks Kopf. Kirk fing den Schlag ab, und im nächsten Augenblick lag sein Gegner im Straßenstaub.

Der zweite Mann stieß die Frau beiseite und ging drohend auf Kirk zu, die Hand am Degengriff. »Ich muß dir wohl eine Lektion erteilen, damit du weißt, wie man sich Herren gegenüber benimmt. – Wer ist dein Herr, Bursche?«

»Ich bin ein Freier.«

Das schien den Mann zu freuen. Er grinste amüsiert und zog seinen Degen.

»Die Freiheit scheint dir nicht zu bekommen«, sagte er. »Ich muß dir offenbar Manieren beibringen, Freier.« Die Degenspitze durchbohrte Kirks Ärmel.

»Vorsicht! Der andere ist hinter Euch!« schrie die Frau. Aber es war zu spät. Kirk wurde von hinten umklammert. Er stieß dem Mann beide Ellenbogen in die Magengrube, und als er zusammensackte, riß er ihm den Degen aus der Scheide. Diese Burschen schienen keine Ahnung vom Kampf ohne Waffen zu haben. Aber trotzdem wollte er die Sache lieber sofort hinter sich bringen. Er hob seinen Phaser und drückte ab.

Es geschah nichts.

Kirk ließ die Waffe fallen und ging mit dem Degen auf den zweiten Mann los. Auch er war mit dem Degen langsam und tollpatschig. Seine Angriffe waren plump und ungeschickt und ließen Kirk sogar noch

Zeit, einen Angriff des anderen zwischendurch mit einem Karateschlag abzuwehren. Der Mann mit dem Degen starrte entgeistert, als sein Kumpan zum drittenmal zu Boden ging, und wich langsam zurück.

»Mein Gott! Der Kerl ist ein Teufel! Ich habe genug!«

Er wandte sich um und rannte fort. Sein Freund rappelte sich auf und folgte ihm. Kirk nahm den unbrauchbaren Phaser vom Boden auf und steckte ihn ins Halfter zurück. Dann wandte er sich dem Mädchen zu, das seine Haare richtete und die zerzauste Kleidung glattstrich. Ihr Äußeres war alles andere als sauber, und sie selbst auch nicht. Aber sie war auffallend hübsch.

»Ich danke Euch, Fremder«, sagte sie. »Ich dachte schon, ich bin geliefert, als der Kerl mich hier hereinzerrte.«

»Alles in Ordnung?«

Die Frau blickte ihn prüfend an. »Ah, ich dachte, Ihr seid auch ein Zigeuner. Aber Ihr gehört nicht zu uns. Trotzdem, Ihr seid ein netter Kerl. Ihr habt den beiden Stutzern schön eingeheizt. Wunderbar!«

»Sind Sie sicher, daß Sie nicht verletzt sind?« fragte Kirk besorgt. »Kommen Sie lieber mit in die Bibliothek. Da sind Sie in Sicherheit, und Dr. McCoy kann sich um Ihre Verletzungen kümmern.«

»Wie Ihr wollt, mein Freund. Ich bin dabei. Wo ist die Bibliothek?«

»Gleich um die Ecke.«

Aber als sie in die Gasse einbogen, aus der er gekommen war, war die Tür zur Bibliothek spurlos verschwunden.

Er lief ein paarmal hin und her, dann wandte er sich an die Frau, die ihn verwundert ansah.

»Was habt Ihr denn, Mann? Wir sollten sehen, daß wir verschwinden, bevor die beiden Stutzer mit ein paar Bütteln zurückkommen.«

»Erinnern Sie sich, wo Sie mich zuerst gesehen haben? Ich bin doch durch eine Tür gekommen, und...«

»Ich fürchte, der Kerl hat Euch einen Schlag auf die Birne verpaßt. Kommt mit mir, mein Freund. Ich kenne eine Herberge, wo man keine Fragen stellt.«

»Warten Sie. Hier ungefähr muß es sein. – Spock! Pille!«

»Hier, Captain«, meldete sich sofort die Stimme des Ersten Offiziers. »Wir hören Sie, aber wir können Sie nicht sehen. Alles in Ordnung?«

»Wir sind dir sofort gefolgt«, setzte die Stimme McCoys hinzu. »Aber du warst plötzlich verschwunden.«

»Wir müssen einander im Nebel verloren haben.«

»Im Nebel, Captain?« sagte Spocks Stimme. »Hier ist kein Nebel.«

»Gott sei uns gnädig!« murmelte die Frau und wich entsetzt zurück. »Es sind Geister!«

»Nein, es sind Freunde von mir«, sagte Kirk rasch. »Sie brauchen keine Angst zu haben. Sie sind – hinter dieser Wand. – Spock! Sind Sie immer noch in der Bibliothek?«

»Ganz und gar nicht«, sagte Spocks Stimme. »Wir sind in einer arktischen Wildnis...«

»Er will damit sagen, daß es hier kalt ist«, unterbrach McCoys Stimme.

»Ungefähr fünfundzwanzig Grad unter Null. Wir befinden uns unterhalb eines Gletschers und sind anscheinend *durch* diesen Gletscher gekommen, da es hier keinerlei sichtbare Öffnungen gibt.«

»Genau wie es hier keine Tür gibt«, sagte Kirk. »Aber hier ist es nebelig, und man riecht die Nähe des Meers.«

»Ja. Das ist die Epoche, die Sie gerade auf dem Bildschirm sahen. Dr. McCoy hatte eine Darstellung der letzten Eiszeit dieses Planeten vor sich – und deshalb ist er hier. Ich bin bei ihm, weil ich mit ihm zusammen aus der Bibliothek lief.«

»Und damit ist das Verschwinden der Bevölkerung wohl erklärt«, sagte Kirk. »Ich fürchte, wir haben Mr. Atoz sehr unterschätzt.«

Die Frau war von dem unheimlichen Phänomen der körperlosen Stimmen entsetzt und wich angstvoll zurück. Aber das spielte jetzt keine Rolle mehr.

»Ja«, sagte Spock, »sie haben sich anscheinend vor der Vernichtung gerettet, indem sie in die Vergangenheit flüchteten.«

»Wahrscheinlich. Und wir wissen auch, wie wir hierher gelangt sind. Aber wie kommen wir wieder zurück? Das Zeitportal ist unsichtbar. Doch wir können einander hören. Es muß also eine Stelle in dieser Wand geben, die nur so aussieht, als ob sie undurchlässig sei. Ich denke...«

Wieder wurde er vom Aufschrei der Frau unterbrochen, und sie begann ihm jetzt wirklich auf die Nerven gehen. Er wandte sich um und entdeckte, daß der Ausgang der Gasse von den beiden Männern blokkiert war, die zur Verstärkung zwei Mann mitgebracht hatten, die offensichtlich Büttel waren.

»Meine beiden Freunde sind zurückgekommen«, sagte Kirk. »Wir hatten vorhin schon eine kleine Auseinandersetzung. Sie haben jetzt Verstärkung mitgebracht.«

»Schau dich genau um, Jim«, sagte McCoys Stimme drängend. Du *mußt* ganz in der Nähe des Portals sein. Wir suchen ebenfalls danach.«

»Da ist der Komplize der Dirne«, sagte einer der beiden Männer und deutete auf Kirk. »Nehmt ihn fest!«

»Wir sind Vertreter des Gesetzes«, sagte einer der beiden Büttel. »Leiste keinen Widerstand, Bursche!«

»Und wessen bin ich angeklagt?«

»Diebstahl und Beutelschneiderei.«

»Unsinn. Ich bin kein Dieb.«

»Jim!« rief McCoys Stimme. »Was ist los?«

»Gott stehe uns bei!« schrie der andere Büttel. »Was war das?«

Der erste Büttel hielt seinen Säbel und seinen Dolch in Kreuzesform vor sich und rief angstvoll: »Weicht, böse Geister, und laßt einen ehrlichen Mann in Frieden.«

Kirk sah eine Chance. »Rede weiter, Pille«, sagte er hastig und wich ein paar Schritte zurück.

»Sie gehorchen *seinem* Befehl«, sagte einer der Männer. »Stopft ihm den Mund, dann müssen sie schweigen!«

»Sie müssen jetzt unmittelbar vor dem Portal stehen«, sagte die Stimme Spocks.

»Reden Sie weiter. Irgend etwas. Ich...«

Der zweite Büttel hatte sich von hinten an ihn herangeschlichen. Ein schwerer Schlag traf Kirks Kopf, alles schien zu explodieren, und plötzlich wurde es dunkel.

Die Landschaft bestand aus Eis und Fels, und ein scharfer, eisiger Wind heulte über sie hinweg. Die verfallenen Gebäude um die Bibliothek, und auch die Bibliothek selbst waren verschwunden. Es gab nichts mehr außer dem Gletscher und der dahinterliegenden, von Fels und Eis bedeckten Ebene, die sich bis in die Unendlichkeit zu erstrekken schien.

Spock ging weiter an der Gletscherwand entlang, überprüfte sie sorgfältig Zentimeter für Zentimeter. McCoy blies seine rotgefrorenen Hände warm und rieb dann Ohren und Gesicht.

»Was ist mit Jim?« fragte er erregt. »Warum meldet er sich nicht mehr?«

»Ich fürchte, Mr. Atoz hat das Portal geschlossen«, sagte Spock. »Es hat keinen Sinn mehr, weiterzusuchen.«

»Jim ist in Schwierigkeiten«, sagte McCoy erregt.

»Zweifellos. Aber wir auch, wenn wir nicht sehr bald wieder in die Wärme kommen. Hier erfrieren wir.«

McCoy taumelte. Spock fing ihn auf und half ihm, sich auf einen großen Felsblock zu setzen. Er sah, daß McCoys Ohren, Nase und Gesicht jetzt schon weiß und blutleer waren. Er kannte diese Symptome sehr gut und wußte auch, wo sie sich – geologisch gesehen – befanden: in einer Endmoräne, einem riesigen Geröllfeld, das die Eismassen vor sich herschoben. Die Aussichten, hier irgendwo einen Unterschlupf zu finden, waren gleich Null.

»Spock«, sagte McCoy matt. »Lassen Sie mich hier.«

»Entweder gehen wir gemeinsam oder gar nicht.«

»Seien Sie doch kein Narr! Mein Gesicht und meine Hände sind schon fast erfroren. Ich spüre meine Füße kaum noch. Allein haben Sie vielleicht eine Chance. Sie müssen zumindest versuchen, Jim zu finden.«

»Wir bleiben zusammen«, sagte Spock barsch.

»Sie sturer, dickköpfiger...«

Er stockte und sprach den Satz nicht zu Ende.

Spock blickte ihn ein paar Sekunden lang schweigend an, dann wandte er sich um.

Und sah zu seinem Erstaunen, daß sie beobachtet wurden.

Unweit von ihnen stand eine Gestalt in einem Fell-Overall. Das Gesicht war von einer Schneemaske verborgen, durch die ihn zwei Augen neugierig musterten. Dann winkte die Gestalt ihm, näher zu kommen.

Spock wandte sich McCoy zu und sah, daß der zur Seite gesunken war. Er packte ihn bei den Schultern und schüttelte ihn; aber McCoy rührte sich nicht. Spock legte das Ohr an McCoys Brust. Das Herz schlug noch, aber sehr matt.

Ein Schatten fiel auf sie. Die Gestalt stand über sie gebeugt. Und wieder das Zeichen: *Folgen Sie mir!*

»Mein Freund ist krank.«

Folgen Sie mir!

Es gab keine andere Möglichkeit. Spock lud sich den bewußtlosen

McCoy auf die Schulter und folgte der Gestalt im Pelz-Overall.

Der Weg führte in eine Schlucht und von dort aus in einen Stollen immer tiefer in den Boden hinunter, wie Spock es erwartet hatte. Wo sonst konnte man in dieser Eiswüste einen Unterschlupf finden? Sie gelangten in eine Höhle, die mit einer rohgezimmerten Tür abgeschlossen war und aus zwei Räumen bestand. Gleich hinter der Tür stand ein provisorisch zusammengenageltes Bett, und dort legte Spock McCoy nieder.

»Decken«, sagte er.

Die Gestalt deutete und half Spock dann, McCoy zuzudecken. Spock hakte McCoys Instrumententasche von seinem Gürtel, holte den Tricorder heraus und untersuchte McCoy gründlich mit dem Gerät. Die pelzverhüllte Gestalt hockte am Fußende des Betts und sah Spock interessiert zu, schweigend und reglos.

»Er kann die Kälte nicht vertragen«, sagte Spock. »Leider ist er selbst der Arzt und nicht ich. Ich möchte nicht riskieren, ihm jetzt schon Medikamente zu geben. Wenn wir ihn warmhalten und ausruhen lassen, kommt er sicher bald von selbst wieder zu sich.« Er blickte den schweigenden Zuschauer prüfend an. »Es ist doch angenehm warm hier. Warum tragen Sie eigentlich immer noch die Schneemaske?«

Hinter der Maske ertönte das helle Lachen einer Frauenstimme. »Entschuldigen Sie. Ich hatte völlig vergessen, daß ich sie noch aufhatte.«

Sie nahm die Schneemaske vom Gesicht und lächelte Spock an. Doch ihr Lächeln erlosch sofort wieder, als sie Spocks Gesicht genauer betrachtete. »Wer sind Sie?«

»Ich heiße Spock.«

»Selbst Ihr Name klingt fremdartig. – Bitte, entschuldigen Sie; aber Sie sind so ganz anders als alle Menschen, die ich jemals gesehen habe.«

»Das überrascht mich nicht. Sie brauchen aber wirklich keine Angst vor mir zu haben.«

»Warum sind Sie hier?« fragte die Frau zögernd. »Sind Sie beide auch Deportierte?«

»Deportierte?«

»Dies ist einer der Orte – oder vielmehr Zeitepochen – in die Zor Khan die Menschen schickt, die verschwinden sollen. Sind Sie auch durch das Zeit-Portal gekommen?«

»Ja. Aber nicht als Deportierte. Wir wurden irrtümlich hergeschickt. Jedenfalls nehmen wir das an.«

Sie überlegte eine Weile. »Das Atavachron ist weit entfernt«, sagte sie dann, »aber ich vermute, Sie kommen von noch viel weiter her.«

»Das stimmt.« Spock blickte sie jetzt etwas genauer an. Ihr Gesicht wirkte aufgeweckt, und doch seltsam ruhig und ausgeglichen und völlig ungekünstelt. »Ja, ich stamme nicht von der Welt, die Sie kennen. Meine Heimat ist ein Planet, der viele Lichtjahre von hier entfernt liegt.«

»Wunderbar! Ich habe immer gern Bücher gelesen, in denen von solchen Dingen die Rede war.« Sie machte eine resignierte Geste. »Aber das sind ja alles nur Phantastereien. So etwas gibt es nicht. Und auch Sie sind nur eine Phantasiegestalt. Ich bilde mir nur ein, mit Ihnen zu sprechen. Weil ich langsam verrückt werde. Ich wußte, daß es einmal so kommen müßte.«

Sie wich langsam und angstvoll vor ihm zurück. Spock ergriff ihre Hand. »Ich weiß aber, daß ich wirklich existiere«, sagte er. »Ich bin keine Ausgeburt Ihrer Phantasie.«

»Ich bin schon zu lange hier... länger, als ich wahrhaben möchte«, sagte sie mit einem matten Lächeln. »Als ich Sie dort draußen entdeckte, wagte ich einfach nicht zu glauben...«

Spock begann, etwas wie Mitleid mit ihr zu fühlen, und dieses Gefühl war für ihn so neu und ungewöhnlich, daß es ihn verwirrte – was noch ungewöhnlicher war. Er verbarg seine Unsicherheit, indem er sich über den Bewußtlosen beugte und seine Körperfunktionen mit dem Tricorder prüfte. Erschrocken richtete er sich auf.

»Ich hätte ihm doch gleich Coradrenalin geben sollen«, murmelte er, nahm den Spray-Injektor aus der Instrumententasche und holte das Versäumte nach.

»Was ist? Stirbt er? Ich habe ein paar Medikamente hier...«

»Zu gefährlich. Ihre Physiologie ist möglicherweise zu verschieden von der unseren. – Ich fürchte, ich habe ihm eine zu große Dosis gegeben. Aber das ist nun nicht mehr zu ändern.«

Die Frau beobachtete ihn sehr aufmerksam. »Sie sagen das völlig ruhig«, sagte sie dann. »Aber ich spüre, daß dieser Mann Ihnen sehr nahesteht.«

»Wir haben uns im Lauf der Jahre aneinander gewöhnt«, sagte Spock. »Aber jetzt...«

McCoy stöhnte, und sein Atem ging in kurzen, keuchenden Stößen, als ob er verzweifelt nach Luft ringe. Spock beugte sich über ihn.

»Wachen Sie auf, Dr. Leonard McCoy«, sagte er förmlich. Und dann, laut und dringlich: »Pille!«

McCoys Atem wurde ruhiger, und Spock trat zurück. Der Arzt schlug die Augen auf und blickte in das Gesicht der Frau.

»Wer sind Sie?« fragte er benommen.

»Ich heiße Zarabeth.«

Spock fiel ein, daß er sie überhaupt nicht nach ihrem Namen gefragt hatte.

»Wo ist Spock?«

»Ich bin hier, Doktor.«

»Sind wir wieder in der Bibliothek?«

»Nein. Wir befinden uns immer noch in dieser Eiszeit«, sagte Spock. »Aber in Sicherheit; im Augenblick zumindest.«

McCoy versuchte, sich aufzurichten, obgleich er ganz offensichtlich noch ziemlich benommen war. »Jim! – Wo ist Jim! Wir müssen ihn finden!«

»Sie müssen sich vor allem ausruhen. Sie sind nicht in der Lage, irgend etwas zu unternehmen. Bleiben Sie ruhig liegen. Ich werde inzwischen versuchen, den Captain zu finden.«

McCoy ließ sich wieder zurückfallen. »Sie müssen ihn finden, Spock! Kümmern Sie sich nicht um mich. Finden Sie den Captain.«

Er schloß die Augen, und nach ein paar Sekunden winkte Spock Zarabeth schweigend zur Tür. Sie gingen zusammen in den zweiten Raum der Höhle, und Zarabeth fragte: »Wer ist dieser Jim?«

»Unser Kommandant und unser Freund.«

»Ich habe nur Sie beide gesehen. Ich habe nicht gewußt, daß Sie zu dritt sind.«

»Er – er ist auch nicht mit uns gekommen. Das Zeit-Portal hat ihn in eine andere Epoche geschickt. Es gibt nur einen einzigen Weg, ihn zu finden: Können Sie mir zeigen, wo das Zeit-Portal sich befindet?«

»Aber was wird mit Ihrem Freund?« sagte sie. »Er ist sehr krank.«

»Sie haben recht. Wenn ich ihn jetzt verlasse, besteht große Gefahr, daß er nie mehr auf das Schiff zurückgelangen kann.« Spock dachte angestrengt nach. Es war wirklich ein schwieriges Problem. »Er würde dann für immer in dieser Zeitepoche bleiben müssen. Aber er befindet sich nicht mehr in Lebensgefahr. Meine Hauptaufgabe ihm gegenüber ist also erledigt. – Und wenn ich hierbleibe, kann niemand Captain Kirk zu Hilfe kommen.«

»Was Sie sagen, klingt wie eine mathematische Gleichung.«

»Es ist auch eine«, sagte Spock nachdenklich. »Ich sollte in der Lage sein, dieses Problem logisch anzupacken und zu lösen. Mein erster Impuls ist, Captain Kirk zu suchen. Und dennoch...« Er begann, auf und ab zu gehen. Aber auch das half ihm nichts. »Ich habe bereits einen Fehler begangen, der fast McCoys Leben gekostet hätte. Ich darf jetzt keinen zweiten machen. Vielleicht hat es etwas mit dem Atavachron zu tun. Wenn ich nur etwas mehr darüber wüßte... Zarabeth, Sie haben mir gesagt, daß Sie hierher deportiert worden sind. Darf ich fragen...«

»Warum? – Mein einziges Verbrechen bestand darin, in der Wahl meiner Verwandtschaft unvorsichtig gewesen zu sein. Zwei meiner Familienangehörigen sind wegen eines Komplotts gegen Zor Khan zum Tode verurteilt worden. Doch es hat Zor Khan nicht genügt, die beiden hinrichten zu lassen. Er wollte die ganze Familie ausrotten. Er hat das Atavachron dazu benutzt, jeden einzelnen von uns an Orte zu senden, an denen uns niemand auffinden kann und wir nicht lange überleben können.«

»Dann ist die Lösung ziemlich einfach«, sagte Spock erleichtert. »Zor Khan existiert nicht mehr. Sie und ich können McCoy ungehindert in die Bibliothek zurückbringen. Von dort aus werde ich Sie und McCoy an Bord des Schiffs transmittieren, und ich lasse mich dann von Atoz in den Zeitabschnitt schicken, wo Jim ist.«

»Nein!« schrie Zarabeth entsetzt. »Ich kann nicht durch das Zeit-Portal zurückgehen! Das wäre mein Tod!«

»Wieso?«

»Keiner von uns kann zurück«, sagte sie, wieder ein wenig ruhiger. »Wenn wir durch das Zeit-Portal hindurchgehen, werden wir vom Atavachron metabolisch verändert. Das ist seine einzige Aufgabe. Unser Metabolismus wird gründlich umstrukturiert und der Zeit, in die wir versetzt werden, angepaßt. Und das ist auch Ihnen geschehen. Auch Sie können nicht zurück. Wenn Sie das Portal passieren, erreichen Sie die andere Seite nur als Toter!«

Das war es also. Er und McCoy waren hier gefangen. Für immer! Und das galt wohl auch für Jim, wo immer er sein mochte.

Als Kirk zu sich kam, fand er sich in einem Gefängnis wieder, und zwar in einem sehr dreckigen, primitiven Verlies. Er lag auf einer stinkenden, halbverfaulten Strohschütte, in der irgendwelche Tiere quiekten und raschelten.

Er stand auf. Bei der Bewegung schoß ein stechender Schmerz durch seinen Kopf. Er verzog das Gesicht und fuhr mit der Hand über seinen schmerzenden Schädel. Er trat an die Gittertür der Zelle. Sie führte auf einen düsteren Korridor. Gegenüber sah er eine andere Tür aus Gitterstäben, und dahinter die Zigeunerin.

Sie schien ihm etwas sagen zu wollen; aber im gleichen Moment hörte er Stimmen und näher kommende Schritte, und die Frau zog sich in den hintersten Winkel der Zelle zurück. Kurz darauf trat einer der beiden Büttel vor Kirks Zellentür. Bei ihm war ein Mann, dessen Haltung ihn unverkennbar als öffentlichen Ankläger identifizierte.

»Das ist der Mann«, sagte der Büttel und deutete auf Kirk. »Das ist der Komplize dieser Hure.«

Er schloß die Zellentür auf, und der Ankläger trat herein. Er blickte Kirk neugierig an. »Ihr seid also der Dieb, der mit Geistern im Bunde steht?«

»Sir, ich bin ein Fremder hier.«

»Und woher kommt Ihr?«

Kirk zögerte. »Von einer fernen Insel.«

»Und wie heißt diese Insel?«

»Wir nennen sie Erde.«

»Ich kenne keine Insel, die Erde heißt. Aber fahrt fort.«

»Ich habe die Frau in der gegenüberliegenden Zelle nie zuvor gesehen. Erst heute abend hörte ich jemanden schreien und sah sie im Handgemenge mit zwei Männern. Sie war von ihnen angegriffen worden.«

»Dann leugnet Ihr also, der Komplize der Dirne zu sein?«

»Ja. Ich war in der Bibliothek, als ich die Frau schreien hörte.« Bei dem Wort »Bibliothek« zuckte der Ankläger merklich zusammen, und Kirk war entschlossen, diesen Vorteil, was immer ihn auch ausgelöst haben mochte, auszunutzen. »Sie wissen vielleicht, wo sich diese Bibliothek befindet?«

Der Ankläger blickte ihn nachdenklich an. »Vielleicht seid Ihr wirklich unschuldig«, sagte er. »Ihr macht auf mich den Eindruck eines rechtschaffenen Mannes.«

»Er ist ein Hexer!« schrie die Frau aus ihrer Zelle.

»Hören Sie mal...«

»Hüte deine Zunge, Zigeunerin«, sagte der Ankläger drohend. »Ich bin überzeugt, daß du eine Diebin bist. Verschlimmere deine Lage nicht durch Verleumdungen.«

»Er spricht zu unreinen Geistern! Er ist ein Hexer! Büttel! Ihr habt es selbst gehört!«

»Es stimmt, Mylord«, nickte der Büttel. »Ich habe selbst gehört, wie die Geister ihn riefen, und wie er sich mit ihnen unterhielt.«

»Er ist ein Hexer!« kreischte die Zigeunerin. »Er hat mich verhext und mich gezwungen, für ihn zu stehlen! Gegen meinen Willen!«

Völlig entgeistert blickte Kirk von einem zum anderen. Es gab keinen Zweifel. Diese Leute glaubten an die Existenz von Geistern und Hexen und Zauberern. Der Ankläger blickte Kirk ernst an. »Ihr habt diese – Geister wirklich gehört?« wandte er sich dann an den Büttel.

»Aye, Mylord. Gott sei mein Zeuge!«

»Die Stimmen, die Sie hörten, waren die Stimmen meiner Freunde«, sagte Kirk. »Sie waren auf der anderen Seite der Mauer. In der Bibliothek.«

»Ich verstehe nichts von diesen Dingen«, sagte der Ankläger erregt. »Und ich bin nicht befugt, in einer so schwerwiegenden Angelegenheit Entscheidungen zu fällen. Ein Gelehrter, der in den Geheimnissen der Hexenkunst bewandert ist, mag sich mit ihm befassen. Ich will nichts mehr damit zu tun haben.«

»Hören Sie, Sir. Könnten Sie zumindest eine Unterredung mit Mr. Atoz arrangieren? Sie erinnern sich doch an Mr. Atoz, nicht wahr?«

»Ich kenne keinen Mr. Atoz. Ich weiß nichts von diesen Dingen. Überhaupt nichts. – Öffnet die Tür! Ich will nicht mehr mit diesem Menschen sprechen.«

Der Büttel ließ den Ankläger aus der Zelle, und sie gingen beide rasch den Korridor entlang.

»Ich möchte wenigstens mit Ihnen sprechen, Mylord!« schrie Kirk ihnen verzweifelt nach.

Sie blickten sich nicht einmal um. Kirk rüttelte in Wut und Verzweiflung an den Gitterstäben. Eine tiefe Niedergeschlagenheit befiel ihn bei der Erkenntnis, völlig allein und ohne Freunde zu sein.

Die Zigeunerin preßte ihr Gesicht gegen die Gitterstäbe und schrie geifernd: »Hexer! Hexer! Sie werden dich verbrennen! Verbrennen!

Verbrennen!«

Am folgenden Tag wurde sie fortgebracht. Kirk bemerkte es kaum. Er versuchte, sich über seine nächsten Schritte klarzuwerden. Er hatte noch nie ein Gefängnis gesehen, aus dem man leichter ausbrechen konnte. Aber als er sich klarzumachen versuchte, wie es dann weitergehen sollte, wurde er von einem furchtbaren Kopfschmerz befallen, der jedes Denken unmöglich machte. Und als er von seiner Strohschütte aufstand und an die Gittertür trat, um sich zu vergewissern, daß er mit den Händen durch die Eisenstäbe hindurchreichen konnte, wurde ihm plötzlich schwindelig. Hatte er sich mit irgendeiner Krankheit infiziert?

Auf dem Korridor hörte er das Rasseln von Schlüsseln. Der Gefängniswärter brachte das Essen. Jetzt oder nie, überlegte Kirk.

Er saß wieder auf seiner Strohschütte, als der Wärter in die Zelle trat. Aber als der Mann die Blechschüssel mit dem Essen auf den Boden stellte, sprang Kirk auf, umklammerte mit der einen Hand seinen Hals und riß ihm mit der anderen mit einem Ruck den Schlüsselbund vom Gürtel. Der Mann hatte gerade noch Zeit, einen erschrockenen Schrei auszustoßen, bevor Kirk ihn mit einem Handkantenschlag zu Boden streckte. Er zerrte den Bewußtlosen zu seiner Strohschütte und bedeckte ihn mit Stroh. Ende von Standard-Ausbruchsmanöver Teil 1. Wenn er Glück hatte, würde der Aufschrei einen der Büttel herbeilokken, durch den er sicher aus dem Gefängnis herauszukommen hoffte.

Eigenartig, wie schwindlig er sich plötzlich wieder fühlte. Einem Impuls folgend, legte er sich auf den Strohsack und schloß die Augen.

Er hörte eilige Schritte und dann das Quietschen der rostigen Türscharniere. Der Mann stieß einen überraschten Ruf aus, als er die Tür offen fand. Und Kirk wußte, daß er mehr Glück hatte als erwartet: der Mann, der jetzt die Zelle betrat, war der Ankläger höchstpersönlich. Kirk stöhnte laut.

Näher kommende Schritte und erregtes Atmen verrieten ihm, daß der Mann an den Strohsack herangetreten war und sich jetzt über ihn beugte. Ein rascher Blick durch halbgeschlossene Lider verschaffte ihm Gewißheit. Er packte den Mann bei den Handgelenken und riß ihn neben sich zu Boden.

»Wenn Sie schreien, werde ich Sie töten«, sagte er sehr leise, sehr eindringlich.

Der Ankläger schrie nicht, und er wehrte sich auch nicht. »Ihr macht Eure Lage nur noch schlimmer«, sagte er nur.

»Ich werde grundlos angeklagt«, sagte Kirk, »und Sie wissen das ganz genau.«

»Ich bin gekommen, um Euch dem Inquisitions-Tribunal zu überstellen«, sagte der Ankläger sachlich. »Dort wird man entscheiden, ob Ihr ein Hexer seid oder nicht.«

»Es gibt keine Hexerei!«

»Ich werde Eure Worte für mich behalten«, sagte der Ankläger. »Sie sind schlimmste Ketzerei. Wenn Ihr sie vor den Inquisitoren wiederholt, wird man Euch ohne weitere Verhöre auf den Scheiterhaufen schicken.«

»Sie sind jetzt der einzige, der mich hören kann. Vor dem Inquisitor ist das anders. Dort werde ich Sie als einen Menschen denunzieren, der genau wie ich aus der Zukunft kommt. Dann wird man auch Sie der Hexerei beschuldigen.«

»Ganz recht. Man würde auch mich auf den Scheiterhaufen schikken«, sagte der Ankläger. »Aber was hättet Ihr davon?«

»Gebrauchen Sie doch Ihren Kopf, Mann!« sagte Kirk grob. »Ich will Ihre Hilfe!«

»Wie kann ich Euch denn helfen? Ich verspreche Euch, daß ich alles tun werde, um einen Freispruch zu erwirken. Vielleicht schaffe ich es auch. – Vorausgesetzt, daß Ihr mit keinem Wort Eure beiden Kameraden erwähnt.«

»Das genügt mir nicht. Sie müssen mir helfen, in die Bibliothek zurückzukehren.«

»Ihr könnt nicht zurück.«

»Ich muß! Meine beiden Kameraden sind in einer anderen Epoche gestrandet. Ich muß sie finden! – Warum kommen Sie nicht mit uns?«

»Wir können niemals zurück«, sagte der Ankläger. »Wir müssen bis an unser Lebensende hier in der Vergangenheit bleiben. Das Atavachron hat unsere Zellularstruktur und unsere Denkweise so verändert, daß wir uns in unserer Ziel-Epoche wirklich zu Hause fühlen. Eine Rückkehr in die Zukunft würde unseren Tod bedeuten.«

»Verändert?« sagte Kirk. »Ich bin nur zufällig hier. Ihr Mr. Atoz hat mich in keiner Weise vorbereitet oder verändert...« Wieder dieser stechende, fast unerträgliche Kopfschmerz.

»Dann müßt Ihr sofort zurück! Wenn man Euch nicht entsprechend präpariert hat, werdet Ihr innerhalb weniger Tage sterben.«

»Dann werden Sie mir also zeigen, wo das Zeit-Portal ist?«

»Ja. Ich werde Euch in seine Nähe führen. Die genaue Stelle müßt Ihr schon selbst finden.« Er lächelte entschuldigend. »Ihr versteht, hoffe ich, daß ich nicht länger bei Euch verweilen kann...«

»Natürlich. Gehen wir.«

Fünf Minuten später war Kirk wieder in der Bibliothek. Sie war so leer wie zu dem Augenblick, als er sie zum ersten Mal betreten hatte. Er funkte die *Enterprise* an und fragte nach der genauen Zeit. Noch siebzehn Minuten bis zur Nova!

Er erkannte, daß ohne Rücksicht auf die Länge der Zeitspanne, die er in der Vergangenheit verbracht hatte, die Rückkehr durch das Zeitportal immer zu diesem Tag erfolgte. Zumindest bei der jetzigen Adjustierung.

Er zog den Phaser. In der Vergangenheit hatte er nicht funktioniert. Aber hier würde er wieder wirksam sein. Und jetzt, Mr. Atoz, dachte er grimmig, werden Sie uns *behilflich* sein.

McCoy lag noch immer im Bett, fühlte sich aber schon wesentlich besser, wie sein Appetit bewies. Zarabeth, die ein langes Kleid angezogen hatte, in dem sie ausgesprochen hübsch aussah, stand am Herd und kochte etwas, was sie als besondere Delikatesse angekündigt hatte.

»Ich hoffe, daß die *Enterprise* rechtzeitig weggekommen ist«, sagte McCoy.

»Ich hoffe, daß sie rechtzeitig wegkommen *wird*«, korrigierte ihn Spock. »Das Ereignis liegt hunderttausend Jahre in der Zukunft.«

»Ja, richtig. – Ich frage mich nur, wo Jim steckt.«

»Wer weiß? Wir können nur hoffen, daß es ihm gutgeht.«

»Was heißt das: Wir können nur hoffen? Haben Sie denn gar nichts unternommen?«

»Was konnte ich denn tun?«

»Das Zeit-Portal finden«, sagte McCoy ungeduldig. »Nun machen Sie schon! Wir können doch nicht sehr weit davon entfernt sein!«

»Darüber haben wir doch schon sehr eingehend gesprochen, Doktor. Warum sollen wir es noch einmal durchkauen? Wir können nicht zurück. Ist Ihnen das nicht klar?«

»Durchaus. Ich glaube es nur nicht. Ich weigere mich, einfach aufzugeben.«

»Es wäre Selbstmord, wenn es Ihnen wirklich gelänge, zurückzugehen.«

McCoy seufzte. »Ich verstehe. Sie wollen hierbleiben.« Er warf einen raschen Blick in den anderen Raum, wo Zarabeth am Herd stand. »Und ich verstehe auch Ihre Gründe dafür.«

Dabei war McCoy es gewesen, dachte Spock amüsiert, der vor noch nicht einmal zehn Minuten Zarabeths Kochkünste wortreich gelobt und sie mit Komplimenten überschüttet hatte. »Eben noch hatte ich den Eindruck, als ob diese Aussicht gerade Ihnen sehr reizvoll erschiene.«

»Jetzt hören Sie mal zu, Sie spitzohriger Vulkanier...«

Bevor Spock begriff, was er tat, beugte er sich vor und hob McCoy vom Bett.

»Ich mag so was nicht«, sagte er.

McCoy schien nicht im geringsten verstört, nicht einmal erstaunt. Er blickte Spock nur forschend an. »Was ist denn, Spock?« fragte er. »Was ist passiert?«

Spock ließ ihn fallen. »Nichts«, sagte er. »Nichts, was nicht schon seit langem hätte geschehen sollen.«

»Seit langem«, sagte McCoy leise. Sein Blick war immer noch auf Spocks Gesicht gerichtet. »Ja, da haben Sie recht... seit langem...«

Der prüfende Blick störte den Ersten Offizier; aus Gründen, die er sich nicht genau erklären konnte. Er wandte sich ab und ging ins Nebenzimmer, wo Zarabeth jetzt gerade den Tisch deckte.

Sie sah auf und lächelte. »Es ist gleich soweit. Möchten Sie eine Kostprobe?«

»Danke. Ich bin nicht hungrig.«

Sie trat auf ihn zu und setzte sich neben ihn. »Ich kann mir vorstellen, wie Sie sich fühlen. Ich weiß, wie es ist, wenn man gegen seinen Willen hier leben muß.«

»Meine Gefühle, wie Sie sie nennen, sind unwichtig«, sagte Spock. »Ich habe mich mit meiner Lage abgefunden.«

»Ich will nicht lügen und Ihnen sagen, daß mir das leid tut, obwohl ich einsehe, daß es für Sie ein Unglück ist. Aber ich bin schließlich auch nicht freiwillig hier.«

»Ich weiß leider auch keinen Weg, um Sie in Ihre eigene Epoche zurückzubringen.«

»Ich will gar nicht mehr zurück«, sagte Zarabeth. »Jetzt ist dies hier meine Epoche. Damit habe ich mich längst abgefunden. Aber ich bin hier sehr einsam gewesen. Wissen Sie eigentlich, wie das ist, allein zu sein? Völlig allein?«

»Ja. Das weiß ich.«

»Ich glaube, Sie wissen es wirklich. Mögen Sie nicht doch etwas essen? – Bitte!«

»Wenn es Ihnen Freude macht.« Er trat an den Tisch, warf einen Blick in die Schüssel – und fühlte einen leichten Schock.

»Das ist Fleisch von einem Tier, nicht wahr?« fragte er.

»Ja. Es gibt hier kaum etwas anderes zu essen«, sagte sie.

»Natürlich. Was soll in diesem Klima auch wachsen! Wie beheizen Sie diese Höhle eigentlich?«

»Es gibt hier eine heiße Quelle. Die versorgt mich mit natürlicher Dampfkraft.«

»Wunderbar. Vielleicht könnte man eine Art Treibhaus bauen. Aber bis dahin müssen wir mit dem vorliebnehmen, was vorhanden ist.« Er nahm eins der Fleischstücke aus der Schüssel und biß hinein. Es war recht gut, und er nahm ein zweites.

»Viel Luxus gibt es hier leider nicht«, sagte Zarabeth. »Zor Khan hat mich nur mit dem unbedingt Lebensnotwendigen versorgt.«

»Zumindest wollte er Sie am Leben erhalten«, sagte Spock und probierte ein anderes Gericht.

»Vielleicht. Er hat mir diese Höhle, Waffen und Nahrungsmittel gegeben – alles, was ich zum Überleben brauchte – außer menschlicher Gesellschaft. Er wollte sich nicht nachsagen lassen, daß er mich in den Tod geschickt hätte. Aber dieses Alleinsein hier, was ist es denn anderes, als der Tod?« Sie blickte Spock an. »Ein äußerst einfallsreicher Mensch, dieser Zor Khan.«

»Wie kann man nur eine so schöne Frau in dieses Exil schicken!« sagte Spock und war über seine Worte selbst schockiert. »Bitte, entschuldigen Sie! Ich bin sonst nicht so indiskret.«

»Wofür wollen Sie sich entschuldigen?« sagte Zarabeth lächelnd.

Spock schien sie nicht gehört zu haben. »Die Kälte hat mich doch mehr mitgenommen, als ich angenommen habe. Bitte, vergessen Sie, was ich eben gesagt habe. Ich bin nicht mehr ich selbst.«

Und das, überlegte er, war noch eine Untertreibung. Er hatte sich unverzeihlich gehenlassen. Er hatte das Fleisch eines Tieres gegessen – und es hatte ihm sogar geschmeckt! Was war nur los mit ihm? Er preßte beide Hände an seine Schläfen.

»Ich habe gesagt, daß Sie schön sind«, sagte er und wurde sich des Wunders bewußt. »Und Sie sind *wirklich* schön. Ist es falsch, das zu sagen?«

Zarabeth trat auf ihn zu. »Ich habe mich so danach gesehnt, diese Worte von Ihnen zu hören«, sagte sie leise.

Und dann lag sie in seinen Armen. Und als sie sich küßten, hatte er das Gefühl, als ob ein Mann, der immer in ihm eingesperrt gewesen war, plötzlich seine Fesseln gesprengt hätte und frei war.

»Du bist schön«, sagte er leise, »schöner als jeder Traum von Schönheit, den ich jemals geträumt habe.«

»Bleib bei mir«, flüsterte sie. »Ich möchte dich glücklich machen.«

»Mein Leben gehört dir.«

»Alles Lüge!« sagte eine Stimme von der Tür her.

Spock fuhr herum und starrte McCoy wütend an.

»Ich sage die Wahrheit«, sagte er. »Wir sind hier, für immer. Sie müssen sich endlich mit den Tatsachen abfinden.«

»Die Tatsachen, wie *Sie* sie sehen. Aber Sie belügen sich selbst, und das ist etwas völlig Neues an Ihnen. Sie haben Zarabeths Worten rückhaltlos geglaubt, weil Sie sie glauben *wollten*! Aber Zarabeth ist eine Frau, die zu einem Leben in entsetzlicher Einsamkeit verurteilt worden ist. Sie würde alles tun, um diesem Alleinsein zu entgehen. Stimmt es, Zarabeth?«

»Ich habe Ihnen gesagt, was ich weiß«, sagte sie.

»Aber nicht alles, glaube ich. Sie haben gesagt, *wir* könnten nicht zurück. Die Wahrheit aber ist, daß nur *Sie* nicht zurück können. Stimmt's?«

»Sie würde niemals das Leben anderer Menschen...«

»Um sich vor dem Alleinsein zu retten, würde sie lügen«, sagte McCoy zornig, »und sogar mich, den Captain und die ganze Besatzung der *Enterprise* ermorden, wenn es sein müßte. Nur, um Sie behalten zu können.« Er packte Zarabeth beim Handgelenk. »Geben Sie es zu! Sagen Sie Spock, daß Sie morden würden, nur, um ihn bei sich haben zu können!«

Zarabeth schrie auf, und im nächsten Augenblick umklammerten Spocks Hände den Hals McCoys. McCoy wehrte sich nicht.

»Spock!« sagte er ächzend. »Denken Sie nach! Denken Sie um Gottes willen nach! Wollen Sie mich jetzt umbringen? – Was fühlen Sie jetzt? Haß? Eifersucht? Haben Sie so ein Gefühl jemals zuvor erlebt?«

Spocks Hände sanken herab. Sein Kopf dröhnte. »Unmöglich«, murmelte er. »Das ist völlig unmöglich. Ich bin doch Vulkanier.«

»Der Vulkanier, der Sie sind, wird erst in hunderttausend Jahren geboren! Sie müssen nachdenken, Spock! Wie sieht es jetzt auf Ihrem Planeten aus?«

»Meine Vorfahren waren... sind Barbaren, irrational handelnde, kriegerische Barbaren.«

»Deren Leidenschaften so unkontrolliert waren, daß sie einander abschlachteten und beinahe die ganze Rasse ausgerottet hätten. Sie haben sich jetzt zu dem zurückentwickelt, was sie zu jener Zeit waren.«

»Ich habe mich verloren...«, murmelte Spock. »Ich weiß nicht mehr, wer ich bin. – Zarabeth, können wir zurückkehren?«

»Ich weiß es nicht. Ich weiß es wirklich nicht. Für mich ist es unmöglich, und ich war überzeugt, daß auch ihr nicht mehr zurück könnt.«

»Ich werde es jedenfalls versuchen«, sagte McCoy. »Mein Leben ist dort, in der Zukunft. Ich will mein Leben wiederhaben. Und ich muß *jetzt* zurück. Ich habe nicht mehr viel Zeit. Ich spüre, daß auch ich mich verändere. Zarabeth, wollen Sie mir helfen, das Zeit-Portal zu finden?«

»Ich... Ja, wenn es sein muß.«

»Es muß sein. – Sofort!«

Die Kälte schien noch unerträglicher geworden zu sein, und McCoy war noch nicht sehr widerstandsfähig. Er hatte sich in eine Decke gewickelt und lehnte, von Zarabeth gestützt, an der Wand des Gletschers. Spock klopfte wieder die glatte Eiswand ab.

»Das Portal ist nicht hier«, sagte er nach einer Weile. »Es ist sinnlos.«

»Ich fürchte, Sie haben recht«, sagte McCoy.

»Also geben wir es auf. Sie sind ohnehin zu krank, um länger in der Kälte zu bleiben. Gehen wir.«

In diesem Augenblick hörten sie, sehr leise, Kirks Stimme: »Spock! – Spock! – Hören Sie mich?«

»Es ist Jim!« rief McCoy überrascht. »Hier sind wir!«

»Halt! Wir haben sie gefunden«, sagte Kirks Stimme. »Halten Sie hier, Atoz. – Können Sie mich jetzt besser hören?«

»Ja«, sagte Spock. »Wir hören Sie jetzt laut und deutlich.«

»Folgen Sie meiner Stimme!«

McCoy streckte die Hand aus und berührte den Gletscher. Seine Hand verschwand in der Eiswand. »Hier ist es! – Kommen Sie, Spock!«

»Gehen Sie schon voraus.« Spock wandte sich zu Zarabeth. »Ich will dich nicht verlassen.«

»Ich kann nicht mit dir gehen. Das weißt du doch.«

»Worauf warten Sie noch?« rief Kirk. »Beeilen Sie sich! Scott sagt, wir müssen sofort an Bord zurück!«

»Sie müssen zusammen zurückkommen«, sagte Atoz' Stimme, »genauso, wie Sie hineingegangen sind. Sonst läßt das Portal Sie nicht passieren.«

Spock und Zarabeth blickten einander in stummer Verzweiflung an. Er streichelte mit den Fingerspitzen ihr Gesicht.

»Ich habe gelogen«, sagte sie leise. »Ich kannte die Wahrheit. Und ich werde jetzt für meine Lüge büßen. Leb wohl!«

Dann waren sie in der Bibliothek. Kirk half ihnen über die Schwelle des Portals, und Atoz betätigte einige Schalter des Atavachrons. Und dann rannte er plötzlich an ihnen vorbei durch das Portal und war verschwunden.

»Atoz!« schrie McCoy.

»Lassen Sie ihn.« Kirk legte die Hand auf McCoys Arm. »Er hatte seine Flucht sorgfältig vorbereitet.« Er schaltete den Kommunikator ein. »Scotty?«

»Aye. Entschuldigen Sie, Sir, wir haben nur noch ein paar Sekunden, Sir!«

Spock wandte sich dem Portal zu und hob die Faust, als ob er dagegen schlagen wollte. Aber er schlug nicht zu.

»Transporterraum! Holen Sie uns an Bord. – Sol-Triebwerke äußerste Kraft voraus, sobald wir oben sind.«

Die Bibliothek verschwand, und sie standen plötzlich im Transporterraum der *Enterprise*.

McCoy, der immer noch in die Decke gewickelt war, blickte Spock mit seinem forschenden Diagnoseblick skeptisch an.

»Sie brauchen mich nicht mehr so anzustarren, Doktor!« sagte Spock mürrisch. »Wie Sie sehen, bin ich wieder in die Gegenwart zurückgekehrt.«

»Sind Sie sicher? Schließlich ist es wirklich geschehen, Spock.«

»Ich weiß«, sagte der Erste Offizier. »Aber das war vor hunderttausend Jahren. Sie sind alle längst tot. Tot und begraben.«

Das Raumschiff raste mit voller Beschleunigung durch die Unendlichkeit. Hinter ihm wurde ein Stern zur Nova und explodierte und erblühte zu furchtbarer, unmenschlicher Schönheit.

DER TEUFEL IM DUNKEL

Janus war ein häßlicher Planet, rotbraun und von einer dicken, quirlenden Wolkenschicht bedeckt, rotierte er langsam durch den Raum. Er war denkbar unfreundlich und unwirtlich, stellte aber die wichtigste Rohstoffbasis für Pergium dar – ein metall-ähnliches, metastabiles Plutonium mit der Ordnungszahl 358. Die unter der Oberfläche des Planeten lebende Kolonie bestand schon seit langer Zeit, war sehr modern eingerichtet und fast völlig automatisiert. Schwierigkeiten und Pannen hatte es hier noch nie gegeben.

»Fast fünfzig Menschen einfach abgeschlachtet«, sagte Chef-Ingenieur Vanderberg bitter. Er ging nervös und erregt hinter seinem Schreibtisch auf und ab. Ihm gegenüber standen Kirk, Spock, Leutnant-Commander Giotto, Dr. McCoy und ein Sicherheitsoffizier namens Kelly. »Die Produktion ist völlig zum Erliegen gekommen.«

»Das sehe ich«, sagte Kirk mit einem Blick auf die über dem Schreibtisch hängende Tafel, auf der die Produktionskurve steil nach unten führte. »Können Sie mir den Grund dafür nennen, Mr. Vanderberg?«

»Ein Monster.« Der Chef-Ingenieur starrte die Männer der *Enterprise* herausfordernd an, als ob er darauf wartete, daß sie seine Worte anzweifelten. Er war ganz offensichtlich mit den Nerven am Ende.

»Nun, gut«, sagte Kirk. »Nehmen wir an, es gibt wirklich so ein Monster. Was hat es getan? Wann hat die Sache angefangen?«

Vanderberg gab sich offensichtlich Mühe, wieder ruhiger zu werden. Er drückte einen Knopf seines Schreibtisch-Kommunikators. »Schicken Sie Ed Appel zu mir«, sagte er und wandte sich wieder Kirk zu. »Appel ist mein Produktions-Ingenieur. Vor etwa drei Monaten haben wir ein neues Niveau erschlossen. Es war unerwartet reich an Pergium, Platin, Uran und Gold. Dieser ganze Planet ist eine einzige, große Schatzkammer; aber ich habe selbst hier noch nie eine so reiche Ausbeute erlebt. Wir waren gerade dabei, die neue Schicht anzugehen, als es anfing. Zuerst begannen die automatischen Fördermaschinen sich aufzulösen, Stück für Stück. Das Metall schien einfach zu verschwinden. Der Grund dafür ist kein Geheimnis: es war Aqua Regia, wahrscheinlich unter Beimischung von etwas Hydrofluorsäure – ein teuflisches Zeug. Wir lagern nicht viel solches Zeug, das kann ich Ihnen sagen. Ich kann Ihnen aus dem Handgelenk nicht einmal sagen, *worin* wir es aufbewahren.«

»Teflon«, schlug Spock vor.

»Ja, aber ich will damit nur sagen, daß wir keine Mengen lagern.«

»Sie haben gesagt, daß Menschen abgeschlachtet worden sind«, sagte Kirk, um ihn wieder zum Thema zu bringen.

»Ja. Zuerst unsere Service-Ingenieure. Ich habe sie in den Schacht geschickt, um die zerstörten Maschinen zu reparieren. Wir haben sie am nächsten Tag gefunden – zu Asche verbrannt.«

»Durch Lava vielleicht?« mutmaßte Kirk.

»Es gibt gegenwärtig keine vulkanische Tätigkeit auf diesem Planeten«, sagte Spock.

»Das stimmt. Es war wieder diese teuflische Säurenmixtur. Die ersten Todesfälle waren in den tiefsten Flözen. Aber allmählich sind diese rätselhaften Unfälle immer weiter oben vorgekommen. Der letzte Mann ist vor drei Tagen gestorben, in nur drei Niveaus unter diesen.«

»Ich möchte die Leiche untersuchen«, sagte McCoy.

»Wir haben sie für Sie aufgehoben – soweit überhaupt noch etwas von dem Mann übriggeblieben ist.«

Die Tür öffnete sich, und ein untersetzter, hart und kompetent wirkender Mann von etwa vierzig Jahren trat herein. Er trug einen Phaser am Gürtel.

»Haben Sie Wachen aufgestellt?« fragte Kirk.

»Selbstverständlich. Und fünf von ihnen sind gestorben.«

»Hat irgend jemand dieses – dieses angebliche Monster gesehen?«

»Ja, ich«, sagte der Mann, der eben eingetreten war.

»Das ist Ed Appel«, sagte Vanderberg. »Berichten Sie, Ed.«

»Da ist nicht viel zu sagen. Ich habe es nur für den Bruchteil einer Sekunde gesehen. Es war groß, und wirkte irgendwie zottelig. Ich habe sofort geschossen und auch getroffen. Aber ohne jede Wirkung.«

»Alles, was von einem Phaser nicht getötet werden kann, ist nicht real, sondern nur Illusion«, sagte Spock bestimmt.

»Das hätten Sie Billy Anderson erzählen sollen«, sagte Appel grimmig. »Er hat nicht die geringste Chance gehabt! Und ich konnte gerade noch abhauen.«

»So ist die Situation«, sagte Vanderberg gereizt. »Niemand will mehr in die unteren Stollen einfahren. Und ich kann es den Leuten auch nicht verdenken. Wenn die Föderation von uns Pergium haben will, muß sie auch dafür sorgen, daß wir es ohne Lebensgefahr abbauen können.«

»Darum sind wir ja hier, Mr. Vanderberg«, sagte Kirk beruhigend.

»Sie spucken ziemlich große Töne, Mister«, sagte Appel. »Sie haben ein Sternenschiff mit Phaser-Geschützen, Energie aus Antimaterie und so weiter. Aber in die Tunnels müssen Sie ohne Ihr Schiff hinein. Wissen Sie das?«

»Wir werden es da auch nicht brauchen, Mr. Appel.« Er wandte sich an den Ersten Offizier. »Mr. Spock, ich möchte eine komplette Computer-Auswertung. Interviewen Sie alle Leute, die etwas von den Vorgängen wissen! – Mr. Vanderberg, haben Sie eine detaillierte Karte aller Schächte, Stollen, Schichten, Tunnel, Galerien und so weiter?«

»Selbstverständlich.«

Spocks Aufmerksamkeit wurde von einer dunkelgrauen Kugel angezogen, die auf dem Schreibtisch stand. Sie hatte einen Durchmesser von etwa zwanzig Zentimetern und schien aus einer kristallinen Substanz zu bestehen. »Was ist das?« fragte er neugierig und fuhr mit den Fingerspitzen über die glatte Oberfläche der Kugel.

»Ein Silikon-Nodulus, lateinisch: Knötchen. Es gibt Millionen davon in den Stollen. Wirtschaftlich völlig wertlos.«

»Aber geologisch eine Rarität, besonders in gewachsenem Fels. Ist es reines Silikon?«

»Ja, mit einem dünnen Oxydbelag an der Oberfläche und einer geringen Beimischung von Spurenelementen. Aber wir haben Sie nicht gerufen, damit Sie hier geologische Studien betreiben, Mr. Spock.«

»Mr. Spock interessiert sich für alles«, sagte Kirk, »und manchmal ist das äußerst nützlich. Wir verlassen uns auf Ihre Mitarbeit, Mr. Vanderberg.«

»Ich stehe Ihnen voll und ganz zur Verfügung. Sie müssen dieses Monster finden. Ich will nicht noch mehr Menschen verlieren – und außerdem muß ich meine Förderquoten einhalten.«

»Ihre Reihenfolge der Prioritäten«, sagte Kirk, »deckt sich völlig mit der meinen.«

Sie arbeiteten in einem Raum, der neben Vanderbergs Büro lag. Spock gab Daten an den Computer der *Enterprise* durch und bekam die Auswertungen über den Kommunikator zurück. Die Lagekarten, die Vanderberg ihnen zur Verfügung gestellt hatte, waren überaus kompliziert; Tausende von schlangenförmigen Linien, die sich überkreuzten und wieder auseinanderliefen. Ihre Gesamtzahl war ungeheuer, selbst wenn man in Rechnung stellte, daß hier schon fünfzig Jahre lang mit modernsten, vollautomatischen Geräten gegraben wurde. Das Gewirr der Tunnels erstreckte sich durch die ganze Kruste des Planeten und reichte kilometerweit in die Tiefe.

»Nicht von Menschenhand, sondern natürliche Kavernen«, sagte Spock. »Es könnten Lava-Aushöhlungen sein. Aber wenn das zutrifft, dann sind sie wirklich ungewöhnlich weitläufig.«

»Das macht uns die Arbeit nicht gerade leichter«, seufzte Kirk. »Pille, was hat die Autopsie ergeben?«

»Der Arzt dieser Station hatte recht, Jim. Der Mann ist völlig verbrannt. Er wurde in diese Säure-Mischung getaucht oder damit besprüht.«

»Könnte die Säure auch das Metall der Maschinen aufgelöst haben?«

»Aqua Regia greift sogar Gold an. Was mich wundert, ist diese Beimischung von Hydrofluorsäure. Das ist eine sehr schwache Säure. Und es gibt nur zwei Substanzen, die sie äußerst heftig angreift: eine davon ist Glas; deshalb muß man sie in Wachsbehältern aufbewahren oder, wie Spock vorschlug, in Teflonbehältern.«

»Und was ist die andere Substanz?«

»Menschliches Gewebe.«

»Hmm. – Es hat den Anschein, als ob die Säuremischung sehr sorgfältig zusammengestellt worden ist. Mr. Spock, glauben Sie, daß diese ganze Monstergeschichte möglicherweise nur eine Tarnung für irgendeine Sabotage-Aktion ist?«

»Vielleicht, Captain. Mr. Vanderberg glaubt zum Beispiel, daß diese Kreatur sich in dem Gewirr von Tunnels und Stollen von einem Ort zum anderen bewegt. Aber wenn man eine genaue Tabelle der Morde und Zerstörungen anlegt, mit genauen Orts- und Zeitangaben, muß man zu der Erkenntnis kommen, daß die Kreatur auf gar keinen Fall so rasch von einem Punkt zum nächsten gekommen sein kann.«

»Wie alt sind diese Karten?«

»Sie sind vor einem Jahr angefertigt worden – kurz vor dem ersten Auftreten des sogenannten Monsters: Außerdem, Captain, haben unsere Sensoren festgestellt, daß es unter der Oberfläche des Planeten Janus *kein* Leben gibt; mit Ausnahme der menschlichen Bewohner dieser Kolonie selbstverständlich. Wir stehen also vor folgender Alternative: entweder müssen wir die Tausende Kilometer von Tunnels und Stollen zu Fuß abpatrouillieren und versuchen, das Monster irgendwo aufzuspüren – falls es überhaupt existiert; oder aber nach einem Menschen suchen, dem es gelungen ist, einen scheinbar unerschöpflichen Vorrat dieser Säure herzustellen und zu lagern, und der einen unauffälligen Transportbehälter von mindestens dreißig Liter Inhalt besitzt.«

»Ich ziehe die Monster-Theorie vor«, sagte McCoy. »Falls wir wirklich feststellen sollten, daß ein Mensch für alle diese Morde verantwortlich ist, dann sollten wir ihn – Zentimeter für Zentimeter – in seinen eigenen Säuretank stecken.«

»Wenn«, sagte Spock, »ist das Stichwort für jede der beiden Möglichkeiten. Und ich denke...«

Ein weit entfernt klingender, dumpfer Knall unterbrach ihn. Der Boden unter ihren Füßen schwankte, die Lampen flackerten, und dann schrillte eine Alarmglocke. Sekunden später stürzte Vanderberg herein.

»Das war im Haupt-Reaktor-Raum!« schrie er erregt. »Wir müssen nachsehen, was passiert ist!«

Sie rannten los. Vanderberg übernahm die Führung, McCoy bildete die Nachhut. Der Tunnel mündete in einen Stollen, dessen Seitenwände mit Warnschildern bepflastert waren:

VORSICHT!
HAUPT-REAKTOR-RAUM!
UNBEFUGTEN ZUTRITT VERBOTEN

Der Boden des Tunnels sah aus, als ob ein sehr schwerer Gegenstand über ihn geschleift worden wäre. Das Ende des Tunnels war einmal von einer schweren Stahltür abgeschlossen gewesen. Sie bestand nur noch aus einem Gewirr zerfetzten, halb geschmolzenen und aufgerollten Metalls um ein riesiges Loch. Davor lag ein schwarzverbrannter, verkohlter Klumpen, der einmal ein Mensch gewesen war.

Vanderberg taumelte zurück. »Sehen Sie!«

Dann lief er weiter auf die zerstörte Tür zu.

McCoy kniete sich neben den verkohlten Klumpen und richtete seinen Tricorder darauf. Kirk und Spock folgten Vanderberg in den Reaktorraum.

Der Reaktor selbst war in die Tunnelwand eingelassen. Nur die Stirnwand und die Armaturen waren sichtbar. Ein Gewirr von Rohrleitungen lief kreuz und quer durch den Raum. Und Vanderberg starrte entsetzt auf ein halbes Dutzend Rohrenden, die wie abgesägt im Nichts endeten.

Kirk richtete seinen Tricorder auf die Armaturen. »Ich wußte nicht, daß es noch irgendwo Atom-Kraftwerke gibt«, sagte er erstaunt.

»Dies ist vermutlich auch das einzige«, sagte Vanderberg. »Aber Pergium ist so gut wie bares Geld. Und weil es hier so viel Uran gibt, das niemand mehr haben will, verwenden wir es selbst. Besser gesagt, wir haben es verwendet, wenigstens bis jetzt.«

»Erklären Sie.«

»Die Hauptmoderationspumpe ist verschwunden. Ein Glück, daß der automatische Abschalter funktioniert hat, sonst wäre jetzt der ganze Stollen ein einziges Flammenmeer.«

Spock betrachtete die durchtrennten Rohrleitungen. »Wieder diese Säure«, sagte er. »Genau wie bei der Tür. Mr. Vanderberg, haben Sie keinen Ersatz für die gestohlene Pumpe?«

»Das glaube ich kaum. Sie war aus Platin; völlig korrosionssicher. Wir haben noch nie irgendwelche Schwierigkeiten damit gehabt.« Plötzlich wurde Vanderberg totenblaß. »Mein Gott! Der Reaktor ist jetzt abgeschaltet. Und er ist unsere einzige Energiequelle – für Strom und Beheizung und das ganze Lebenserhaltungs-System der Kolonie!«

»Nur keine Panik«, sagte Kirk ruhig. »Mr. Spock, haben wir vielleicht ein Ersatzteil für diesen Zweck an Bord?«

»Nein, Captain. So etwas kann man höchstens noch in einem Museum auftreiben.«

Kirk schaltete seinen Kommunikator ein. »Kirk an *Enterprise*! – Leutnant Uhura, verbinden Sie mich mit Mr. Scott! – Scotty, hier spricht der Captain. Könnten Sie eine Fusionspumpe für einen PXK-Reaktor basteln?«

»Soll das ein Witz sein, Captain?«

»Ganz im Gegenteil, Scotty. Die Situation ist verdammt ernst.«

»Hmmm. – Ich könnte da vielleicht etwas machen... Aber lange hält es nicht.«

»Wie lange?«

»Achtundvierzig Stunden, wenn wir Glück haben. Die Pumpe muß ganz aus Platin hergestellt werden, wissen Sie, und wir haben nicht genügend davon. Ich muß also ein paar Teile aus Gold machen, und die werden den Druck nicht lange aushalten.«

»Machen Sie sich sofort an die Arbeit und kommen Sie herunter, sobald Sie damit fertig sind.«

Kirk schaltete den Kommunikator ab und wandte sich an Vanderberg. »Mr. Vanderberg«, sagte er und blickte den Chef-Ingenieur mit offenem Mißtrauen an. »Ich brauche Ihnen wohl nicht zu sagen, daß mir diese sich häufenden Zufälle gar nicht gefallen. Wie kann dieses angebliche Monster genau wissen, welchen Teil dieses fast vorsintflutlichen Reaktors man abmontieren muß, um eine lebensbedrohende Krise hervorzurufen? Und wie kommt es in den Besitz einer Säuremischung, die genau darauf abgestimmt ist, alle Metalle, einschließlich Platin, zu zerstören – und auch menschliches Gewebe?«

»Das weiß ich nicht«, sagte Vanderberg hilflos. »Vermuten Sie etwa Sabotage? – Unmöglich! Außerdem hat Ed Appel das Monster doch selbst *gesehen*!«

»Sagt er«, bemerkte Kirk trocken.

»Ed ist fast seit Beginn meiner Laufbahn mein Produktionschef. Ich würde für ihn meine Hand ins Feuer legen. Beide Hände! Und außerdem: Was für ein Motiv sollte er haben? Verdammt noch mal, Captain! Meine Leute werden ermordet! Wir haben jetzt keine Zeit für Phantasien über Spione und Saboteure!«

»Hören Sie, Mr. Vanderberg...«

»Ach was! Das Monster läuft hier frei herum! Es hat uns den Reaktor vor unserer Nase unbrauchbar gemacht! Warum, in Gottes Namen, unternehmen Sie nicht endlich etwas!«

»Captain«, sagte Spock leise. »Würden Sie bitte einmal herkommen?«

Kirk trat zu Spock in den Haupttunnel hinaus und von da in einen schmalen, abzweigenden Stollen.

»Sehr eigenartig«, sagte Spock. »Dieser Stollen ist auf keiner der Karten, die wir gesehen haben, eingezeichnet.«

»Also ist er erst nach Herstellung der Karten angelegt worden«, folgerte Kirk.

»Ja, aber wie? – Ich sehe keine Spuren von Schrämm- oder Bohrmaschinen.«

Kirk sah sich die Wände genauer an. »Stimmt. Die Wände wirken wie geschweißt. Könnte es nicht doch ein Schlot vulkanischen Ursprungs sein?«

»Sehr unwahrscheinlich«, sagte Spock. »Falls seit unserer Ankunft irgendeine vulkanische Tätigkeit stattgefunden haben sollte, hätten wir etwas davon merken müssen. Außerdem mündet der Stollen zwanzig Meter von hier wieder in einen auf der Karte verzeichneten Tunnel ein.«

»Hmmm. – Wir wollen an Bord zurückgehen. Ich glaube, wir sollten die Lage einmal gründlich durchsprechen.«

Spock brachte eins der kugelförmigen Objekte, die Vanderberg als Silikon-Nodulus bezeichnet hatte, mit in den Lagerraum der *Enterprise* und stellte es dort auf den Tisch. Dann setzte er sich davor und starrte es nachdenklich an. Er wirkte wie ein archaischer Medizinmann in Uniform.

»Ich halte es für Massenhysterie«, sagte McCoy.

»Hysterie?« sagte Kirk zweifelnd. »Immerhin sind über fünfzig Leute gestorben.«

»Vielleicht aus ganz anderen, völlig natürlichen Ursachen – ein bakteriologisches oder toxisches Phänomen möglicherweise – und die Leute haben sich dieses mysteriöse Monster geschaffen, um eine plausible Erklärung dafür zu finden.«

»Aber die Verbrennungen, die Zerstörung des Reaktors.«

Spock blickte auf. »Ein natürlicher Grund vielleicht, Doktor. Aber bestimmt nicht Hysterie.«

»Nun, Sie haben mich nach meiner Meinung gefragt. Ich habe sie Ihnen gesagt. Was weiß ich? Vielleicht gibt es wirklich eine Art Monster...«

»Kein Lebewesen ist in seiner eigenen, natürlichen Umgebung ein Monster, Doktor. Und dieses Wesen scheint außerdem äußerst intelligent zu sein.«

»Wie kommen Sie darauf?«

»Die Pumpe ist nicht zufällig zerstört worden«, sagte Spock. »Es war das einzige Teil, das den Reaktor sofort und für lange Zeit außer

Funktion setzte.«

Kirk blickte seinen Ersten Offizier an. »Halten Sie es für möglich, daß das Monster die Kolonisten von dem Planeten vertreiben will?«

»Es scheint logisch.«

»Aber warum gerade jetzt, Mr. Spock? Die Bergwerke und Produktionsanlagen sind vor mehr als fünfzig Jahren eingerichtet worden.«

»Das weiß ich auch nicht, Sir.« Spock starrte immer noch auf die Kugel. »Aber vielleicht sollten wir uns einmal überlegen, welche Schlüsse sich aus Mr. Appels Behauptung, die Kreatur mit einem Phaser-Strahl getroffen zu haben, ziehen lassen. Mr. Appel ist nach meinem Dafürhalten ein sehr fähiger, aber völlig phantasieloser Mann. Wenn er sagt, daß er das Monster getroffen hat, so stimmt es sehr wahrscheinlich auch. Warum also zeigte die Kreatur keinerlei Reaktion auf die tödliche Wirkung eines ungedämpften Phaser-Strahls? Ich hätte schon eine Erklärung dafür; aber ich fürchte, Dr. McCoy wird mich jetzt gleich als Phantasten bezeichnen.«

»Sie?« sagte McCoy. »Das möchte ich wirklich erleben.«

»Na schön. Die Kolonisten sind nur mit leichten Phaser-Waffen ausgerüstet. Für schwerere Waffen sah man hier keine Notwendigkeit. Wenn man diese Waffen auf ›Töten‹ schaltet, bewirken sie eine Koagulation des Proteins im Körpergewebe. Aber nehmen wir einmal an, daß die ›organische‹ Struktur der Kreatur nicht aus Protein, sondern aus Silikon besteht?«

»Das klingt wirklich phantastisch«, nickte Kirk.

»Nein, die Möglichkeit besteht durchaus«, widersprach McCoy. »Silikon besitzt die gleiche Wertigkeit wie Karbon, und wir kennen schon seit langem eine Anzahl einfacher Silikon-›Organismen‹. Und das wäre auch eine Erklärung für die Säure!« setzte er erregt hinzu. »Schließlich befindet sich auch in unserem Magen eine Hydrochloridsäure! Aber unser Körper besteht hauptsächlich aus Wasser. Silikon aber ist *nicht* wasserlöslich, also könnte die Kreislaufsubstanz dieser Kreatur sehr gut aus Aqua Regia bestehen. Und was den Hydrofluor betrifft – nun, Fluor besitzt eine besondere Affinität zu Silikon; das Resultat dieser Verbindung ist Teflon. Aus dem vielleicht das Gefäßsystem der Kreatur besteht.«

»Wollen Sie etwa behaupten«, sagte Kirk, »daß dieses Monster die Menschen mit seinem eigenen Blut umbringt?«

»Nicht unbedingt, Jim«, sagte McCoy nachdenklich. »Vielleicht spuckt es die Säure auch wie ein Lama – oder es schwitzt sie aus. Diese Tunnels deuten darauf hin.«

»Hmm! – Dann müßte es aber auch eine Art natürlicher Panzerung besitzen.– Aber unsere Leute sind mit Phaser-Waffen stärkerer Art ausgerüstet. Und deren Energiestoß hält nichts und niemand aus, ganz gleich, woraus es besteht. Die Frage ist nur, wie finden wir dieses Monster?«

»Ich würde vorschlagen, daß wir dort beginnen, wo diese Silikon-Nodulen zu finden sind«, sagte Spock.

»Warum? Welche Verbindung besteht zwischen dem Monster und den Nodulen?«

»Meine Spekulation, Sir.«

»Na gut. Lassen Sie hundert Mann Sicherheitspersonal antreten. – Ich nehme an, daß Scotty schon an der Reaktorpumpe arbeitet? Sehr schön. Wir versammeln uns in Mr. Vanderbergs Büro.«

»Jeder von Ihnen erhält eine Karte, auf der alle Schächte, Tunnels und Stollen dieser Kolonie verzeichnet sind«, erklärte Kirk seinen Offizieren. »Sie werden sie planmäßig und systematisch von oben nach unten durchkämmen und auch die kleinste Nische, den kleinsten Spalt untersuchen. Sie suchen nach einer Art Kreatur, die anscheinend gegen Phaser-Waffen ziemlich resistent ist, also müssen Sie Ihre Waffen auf maximalen Energieausstoß schalten. Und noch eins: fünfzig Menschen sind hier bereits getötet worden. Ich möchte nicht noch mehr Tote...«

»Außer dieser verdammten Bestie!« rief Vanderberg erregt.

Kirk nickte. »Die Kreatur könnte Sie ohne jede Provokation töten. Schießen Sie, sobald Sie sie sehen. Wir müssen dafür sorgen, daß nicht noch mehr Unglück geschieht.«

»Mr. Vanderberg«, sagte Spock. »Können Sie mir sagen, in welchem Niveau Sie diese runden Nodulen gefunden haben?«

»Im dreiundzwanzigsten. – Warum?«

»Commander Giotto«, sagte Kirk. »Sie und Ihre Männer fahren sofort in diese Ebene hinunter und beginnen dort mit der Suche! Mr. Vanderberg, Sie und Ihre Leute bleiben hier im obersten Niveau der Schachtanlagen. Zusammen! Und an einem sicheren Ort.«

»Ich kenne keinen sicheren Ort mehr, Captain. So wie dieses Monster kommt und geht...«

»Wir werden uns darum kümmern. Los, Gentlemen, Sie wissen, was Sie zu tun haben! Fangen wir an!«

Spock, Kirk, Giotto und zwei Soldaten stiegen in Ebene 23 aus dem Lift und blieben stehen, während Spock seinen Tricorder adjustierte. Die meisten von Giottos Männern waren bereits in die verschiedenen Tunnels eingedrungen. Kirk deutete auf Giottos Karte.

»Wir sind jetzt hier. Sie und Ihre beiden Leute durchsuchen jetzt diesen Tunnel. Die anderen sind bereits besetzt. Wie Sie sehen, führen alle Stollen hier oben wieder zusammen. Dort treffen wir uns.«

»Ja, Sir.« Die drei Männer verschwanden im Dunkel. Spock ließ seinen Tricorder kreisen.

»Eine komische Situation«, sagte er. »Überall um uns sind Menschen; aber weil ich den Tricorder so eingestellt habe, daß er nur auf Silikon anspricht, zeigt er überhaupt nichts an. – Doch! Das ist...«

»Spuren?«

»Ja, eine ganze Menge sogar. Aber sie sind alle sehr alt. Tausende von Jahren, würde ich sagen. Aber woher kommen dann die vielen neuen Tunnels hier unten? Das paßt doch nicht zusammen.«

»Vielleicht doch«, sagte Kirk nachdenklich. »Vielleicht sind es gar keine Tunnels, und auch keine Lava-Schlote, sondern Straßen! Durchfahrtswege – Mr. Spock, geben Sie mir die Näherungswerte bis zu tausend Metern in jeder Richtung.«

»Gewiß, Sir. – Da ist etwas! Irgendeine Lebensform. – Richtung 111 Grad, 4 Grad oberhalb der Horizontalen.«

»Und es ist nicht einer unserer eigenen Männer?«

»Nein, Sir; auf Menschen spricht das Gerät jetzt nicht an.«

»Kommen Sie, Spock!«

Sie liefen in das Gewirr der Tunnelröhren und versuchten, sich in den serpentinenförmig gewundenen Stollen an die ermittelte Richtung zu halten.

Ein gellender Schrei voraus. Er erstickte sofort in einem Gurgeln.

»Schneller!«

Sekunden später starrten sie auf einen schwarzen, verkohlten Klumpen, neben dem ein Phaser lag. Wortlos bückte sich Spock, hob die Waffe auf und überprüfte sie. »Einer der Wachen. Er hatte nicht einmal Zeit abzudrücken, Captain.«

»Und es ist erst ein paar Sekunden her, daß wir seinen Schrei hörten.«

Aus dem Dunkel hinter sich hörten sie ein scharrendes, schleifendes Geräusch. Sie fuhren herum.

Es war zu dunkel, um etwas zu sehen. Sie bemerkten nur Bewegung, ein wellenförmiges Vorwärtskriechen. Das Monster sah aus wie ein gigantischer Wurm. Jetzt hörten sie ein anderes Geräusch: ein drohendes Rasseln, als ob Kiesel in einer Konservenbüchse geschüttelt würden.

»Aufpassen!« schrie Kirk. »Es greift an!«

Sie feuerten gleichzeitig. Das Monster bäumte sich auf, als die beiden Energiestöße in seine Seite fuhren. Mit einem schmerzvollen Brüllen warf es sich herum und verschwand im Dunkel des Tunnels.

»Kommen Sie!«

Sie stürzten ihm nach. Aber die Tunnelröhre war leer. Es war unfaßbar, daß ein so riesiges Lebewesen sich so schnell vorwärtsbewegen konnte. Kirk griff an die Tunnelwand – und zog seine Hand rasch zurück.

»Mr. Spock! Die Wände sind glühend heiß!« schrie er.

»Das glaube ich, Captain. Der Tricorder zeigt an, daß sie vor weniger als zwei Minuten entstanden sind.«

Kirk hörte rasche Schritte hinter sich, und dann kamen Giotto und ein Soldat mit schußbereiten Phasern auf sie zugestürzt.

»Alles in Ordnung, Captain? Wir haben den Schrei gehört und...«

»Uns ist nichts passiert, Giotto. Aber einer Ihrer Männer...«

»Ja, ich habe ihn gesehen. Es war Kelly. Haben Sie das Monster zu Gesicht bekommen?«

»Ja. Wir haben es sogar angeschossen.«

Spock bückte sich und hob einen handgroßen Gegenstand vom Boden auf. »Und hier sind die Spuren davon, Captain.«

Er gab das Ding Kirk, der es eingehend betrachtete. Eins war klar: Es war keine organische Substanz. Es sah eher wie eine Art fibröser Asbest aus. Offensichtlich hatte Spock recht gehabt.

»Commander Giotto. Es hat den Anschein, als ob einzelne Phaser-Schüsse nicht ausreichen, um das Ding zu töten. Wir brauchen entweder massierten Phaser-Beschuß oder aber eine einzelne Phaser-Waffe mit länger andauerndem Energieausstoß, eine Kanone vom Schiff. Und noch etwas: Wir wußten von Anfang an, daß es ein Killer ist; jetzt aber ist es verwundet, hat möglicherweise Schmerzen. Und Sie wissen, es gibt nichts Gefährlicheres als ein verwundetes Tier.

Denken Sie daran.«

»Die Kreatur bohrt sich jetzt sehr rasch durch den gewachsenen Fels«, meldete Spock. »Richtung 201 Grad, 5 Grad über der Horizontalen.«

»Danke.«

Giotto und die Soldaten liefen weiter, und Kirk wollte ihnen folgen; aber Spock blieb stehen und starrte nachdenklich vor sich hin.

»Was ist denn los, Mr. Spock?«

»Captain, allein in diesem Gebiet gibt es Hunderte von Tunnels. Viel zuviele, als daß sie diese Kreatur allein gegraben haben könnte.«

»Wir kennen ja ihre Lebensdauer nicht.«

»Nein, Sir. Aber die Geschwindigkeit, mit der es sich fortbewegt, weist auf eine hohe Stoffwechselrate hin. Und das wiederum auf eine Lebenserwartung, die nicht viel größer als die unsere sein kann.«

»Damit könnten Sie recht haben, Mr. Spock. Aber ich sehe nicht, was das mit unserer Aufgabe zu tun hat.«

»Ich könnte mit denken, daß diese Kreatur vielleicht das letzte Exemplar seiner Gattung ist. Und wenn meine Annahme zutrifft, wäre seine Vernichtung ein Verbrechen an der Wissenschaft.«

»Unsere Aufgabe besteht darin, diese Kolonie zu schützen, Mr. Spock, und die Pergium-Produktion wieder anlaufen zu lassen. Wir sind keine zoologische Expedition.«

»Das schon, Captain, aber...«

»Achten Sie auf Ihren Tricorder und halten Sie die Kreatur im Richtstrahl. Wir wollen versuchen, ihr den Weg abzuschneiden. Wenn es nötig werden sollte, können wir uns mit den Phasern unsere eigenen Tunnels bohren.« Kirk machte eine kurze Pause und setzte dann leiser hinzu: »Es tut mir leid, Mr. Spock; ich fürchte, wir müssen es töten.«

»Aber wenn sich die Möglichkeit ergeben sollte, es einzufangen...«

»Ich lasse nicht zu, daß noch mehr Menschenleben geopfert werden! Die Kreatur wird bei der ersten sich bietenden Gelegenheit getötet, und damit Schluß der Debatte.«

»Ja, Sir.«

Aber Kirk war alles andere als überzeugt. Sie waren alle Gegner des Tötens; Spock jedoch hatte eine besondere Aversion dagegen, speziell, wenn seine wissenschaftliche Neugier geweckt war. Deshalb setzte Kirk hinzu: »Mr. Spock, Sie werden jetzt nach oben zurückkehren und Scott bei der Installation der Pumpe helfen.«

Spock blickte Kirk mit hochgezogenen Brauen an. »Wie bitte, Captain?«

»Sie haben mich verstanden. Es ist lebenswichtig, den Reaktor wieder in Betrieb nehmen zu können. Und Ihre technischen Kenntnisse...«

»...werden überhaupt nicht benötigt. Mr. Scott versteht viel mehr von Reaktoren als ich. Das wissen Sie sehr gut.«

Nach einer kurzen Pause sagte Kirk: »Na schön. Dann will ich Ihnen den wirklichen Grund dafür sagen. Ich bin Kommandant der *Enterprise*. Sie sind mein Stellvertreter. Diese Jagd ist ein äußerst gefährliches Unternehmen. Ein jeder von uns, für sich allein genommen, kann entbehrt werden. Wir beide gemeinsam können es nicht.«

»Ich werde selbstverständlich Ihrem Befehl folgen, Captain«, sagte Spock. »Aber wir sehen uns hier einem sehr ernsten und wichtigen wissenschaftlichen Problem gegenüber. Deshalb wäre mein Platz jetzt hier, und nicht bei Mr. Scott. Außerdem, Sir, sind fast hundert unserer Männer gegen die Kreatur eingesetzt. Die Möglichkeit, daß ausgerechnet wir beide getötet werden könnten, ist also...«, er machte eine kurze Pause, »...zweihundertsechsundzwanzig Komma acht zu eins.

Wieder einmal fand Kirk sich von Spocks Logik ausmanövriert. »Sie haben recht. Das Risiko ist wirklich nicht erheblich. Na schön, bleiben Sie. Aber halten Sie sich von Risiken fern!«

»Das versuche ich stets, Captain.«

Kirks Kommunikator piepste, und er schaltete ihn ein. »Hier Kirk.«

»Hier Scotty! – Captain, ich habe meine brillante Improvisation eingebaut, aber sie hat eben wieder ihren Geist aufgegeben. Die Belastung war zu groß.«

»Danke. Veranlassen Sie, daß alle Kolonisten sofort an Bord der *Enterprise* evakuiert werden.«

»Nicht alle«, meldete sich Vanderbergs Stimme. »Ich und meine Spitzenkräfte werden hierbleiben. Wir kommen zu Ihnen hinunter und werden Ihnen helfen.«

»Wir haben nicht genügend Phaser für Sie.«

»Dann nehmen wir eben Keulen«, sagte Vanderberg voll Zorn. »Wir lassen uns jedenfalls nicht von hier vertreiben.«

»Ich befehle Ihnen...«

»Meine Leute nehmen nur von mir Befehle entgegen, nicht von Ihnen!«

Kirk überlegte rasch. »Wie Sie wollen. Aber sorgen Sie dafür, daß alle anderen Männer evakuiert werden. Je weniger Menschen hierbleiben, desto länger reicht uns die verbliebene Luft. Wie lange haben wir Zeit, Scotty?«

»Die Luftreserve macht mir keine Sorgen, Captain. Aber der Reaktor wird in etwa zehn Stunden seine kritische Phase erreichen. Bis dahin müssen Sie Ihr liebes Tierchen gefunden haben.«

»Wir hoffen es. Geben Sie uns laufend die Daten durch, Scotty. Mr. Vanderberg, Sie und Ihre Leute versammeln sich in den oberen Stollen. Unsere Leute erwarten Sie am Lift. Sie sind besser bewaffnet als Sie, also bilden Sie Zweimann-Teams mit ihnen, jeweils einer von Ihren Leuten und einer von unseren. Mr. Spock und ich werden das Unternehmen über Kommunikator leiten. Verstanden?«

»Verstanden«, sagte Vanderbergs Stimme.

»Gut. Ende!« Er wandte sich an Spock. »Gibt's etwas Neues?«

»Ja, Captain. Die Kreatur scheint stillzuliegen, ein paar tausend Meter von hier entfernt, in dieser Richtung.«

Kirk warf einen raschen Blick auf die Karte. »Die beiden Tunnel laufen hier, an dieser Stelle, zusammen. Sie nehmen den linken, Mr. Spock, und ich den rechten.«

»Halten Sie es für richtig, daß wir uns trennen?«

»Zwei Tunnels«, sagte Kirk, »und wir sind zu zweit. Also trennen wir uns.«

»Ja, Sir«, sagte Spock; aber seine Stimme klang zweifelnd. Irgend etwas gefiel ihm nicht an der Entscheidung.

Kirk betrat den rechten der beiden Tunnels und schritt langsam und vorsichtig voran.

Der Tunnel machte eine Biegung, und Kirk fand sich in einer kleinen Höhle, deren schwarze Wände mit weißen Schichten durchzogen waren. In dem weißen Gestein eingebettet entdeckte er Dutzende der runden, kugelförmigen Kristalle, die Spock so fasziniert hatten. Er schaltete den Kommunikator ein. »Mr. Spock.«

»Captain.«

»Ich habe eine ganze Gesteinsschicht mit diesen Silikon-Nodulen gefunden.«

»Sehr interessant, Captain. Höchst aufschlußreich. Bitte sorgen Sie dafür, daß sie auf keinen Fall beschädigt werden.«

»Und warum nicht?«

»Es ist nur eine Theorie, Captain, aber...«

Seine Stimme ging in einem ohrenbetäubenden Krachen und Poltern unter. Kirk fuhr herum und sah, daß der Tunnel hinter ihm einstürzte. Er warf sich gegen die Wand. Dicke Staubschwaden hüllten ihn ein und drangen ihm in Mund und Nase. Als er wieder sehen konnte, entdeckte er, daß die eingestürzten Felsmassen ihm den Rückweg versperrt hatten.

»Captain! – Ist Ihnen etwas passiert?«

»Alles in Ordnung, Mr. Spock. Der Tunnel ist hinter mir eingestürzt.«

»Ich kann Sie mit dem Phaser herausholen.«

»Nein. Dadurch könnte noch ein weiterer Teil des Tunnels zusammenbrechen. Außerdem ist es auch nicht nötig. Die beiden Tunnels stoßen ja weiter vorne aufeinander. Ich kann also jederzeit heraus.«

»In Ordnung, Captain. Ich bin nur ziemlich beunruhigt, daß die Tunneldecke ausgerechnet in diesem Moment herunterkam. Bitte gehen Sie mit höchster Vorsicht weiter. Ich lege noch einen Zahn zu.«

»In Ordnung, Mr. Spock. Wir treffen uns am Ende des Tunnels. Kirk Ende.«

Als er den Kommunikator wieder an seinen Gürtel hakte, hörte er hinter sich wieder ein Geräusch, als ob Kieselsteine in einer Konservenbüchse geschüttelt würden. Er fuhr herum. Aber es war zu spät. Das Monster hatte ihm den einzigen Ausweg blockiert.

Zum ersten Mal sah er das Geschöpf klar und deutlich vor sich, als es sich in der Mitte des Tunnels aufbäumte. Es sah aus wie eine riesige, zottige, vielfarbige Raupe. Aus dem auf- und abschwingenden Vorderteil wuchsen mehrere knotige Extremitäten – vielleicht Köpfe oder Hände oder Sinnesorgane – und es stieß noch das rasselnde, klappernde Geräusch aus.

Kirk riß den Phaser hoch. Sofort wich das Monster zurück. Hatte es Angst vor der Waffe? Wieder richtete er die Mündung auf die Kreatur. Jetzt wich sie nicht weiter zurück. Aber sie kam auch nicht näher.

Mit schußbereiter Waffe trat Kirk näher. Die Kreatur füllte den Tunnel nicht aus. Er preßte sich hart an die Wand und versuchte, an ihr vorbeizugelangen. Aber sofort, als ob sie seine Absicht erahnte, schwang sie ihren Körper nach links und blockierte ihm den Weg.

»Hier Spock«, ertönte ausgerechnet in diesem Augenblick die Stimme des Ersten Offiziers aus dem Kommunikator. »Captain, der Tricorder zeigt an, daß die Kreatur jetzt...«

»Ich weiß genau, wo sie ist«, sagte Kirk. »In genau drei Meter Entfernung von mir.«

»Schießen Sie, Captain! Rasch!«

»Die Kreatur greift nicht an, sie bedroht mich nicht einmal, Mr. Spock.«

»Sie dürfen nichts riskieren, Captain! Schießen Sie!«

»Ich dachte, Ihnen wäre so daran gelegen, die Kreatur am Leben zu erhalten«, sagte Kirk sarkastisch.

»Ihr Leben ist in Gefahr, Captain! Sie dürfen kein Risiko eingehen!«

»Sie scheint auf irgend etwas zu warten«, sagte Kirk. »Ich möchte herauskriegen, auf was. Ich werde schießen, wenn es notwendig wird.«

»Wie Sie wollen, Captain. Ich werde mich beeilen und mich der Kreatur von hinten nähern. Bitte denken Sie daran, daß sie ein Killer ist! Ende.«

Die Kreatur lag jetzt still. Kirk ließ seine Waffe etwas sinken; aber es erfolgte keine Reaktion.

»Also gut«, sagte Kirk leise. »Und was machen wir jetzt? Wollen wir verhandeln?«

Kirk hatte keine Antwort erwartet, und er bekam auch keine. Er trat einen Schritt vor zur Tunnelwand. Wieder blockierte die Kreatur ihm den Weg. Und bei dieser Bewegung entdeckte Kirk an ihrer Flanke eine tiefe, zackige Furche, die unter dem zottigen Fell eine gleißende, kristalline Substanz freilegte. Es war offensichtlich eine Wunde.

»Also bist du doch verwundbar, nicht wahr?«

Erneut hob er die Waffe. Die Kreatur stieß wieder das rasselnde Geräusch aus und wich ein wenig zurück, blieb aber dann träge liegen. Offensichtlich hatte sie Angst vor der Waffe, wollte aber auch nicht fliehen.

Kirk senkte die Waffe, und das Rasseln hörte sofort auf. Dann trat er zur Wand zurück, ging langsam in die Hocke und hielt den Phaser locker zwischen den Knien.

»Nun gut, aber jetzt bist du dran«, sagte er. »Oder wollen wir hier herumsitzen und warten, daß irgend etwas passiert?«

Sie brauchten nicht lange darauf zu warten. Sekunden später stürzte Spock vom anderen Ende des Tunnels heran. Mit einem Blick erfaßte er die Situation und riß den Phaser hoch.

»Nicht schießen!« schrie Kirk, und sein Schrei wurde in vielfachem Echo von den Wänden zurückgeworfen.

Spock blickte ihn abwartend an. In diesem Augenblick kroch die Kreatur langsam zur anderen Seite des Tunnels. Kirk sah, daß er jetzt an ihr vorbei konnte, bevor es ihr möglich war, ihm wieder den Weg zu verlegen. Aber anstatt das zu tun, sagte er: »Kommen Sie herüber, Mr. Spock.«

Mit äußerster Vorsicht, den Blick unverwandt auf die Kreatur gerichtet, bewegte sich Spock an der Wand entlang langsam an Kirks Seite. Er warf einen Blick auf die Wände der Höhle, in der die Silikon-Nodulen eingebettet waren.

»Logisch«, sagte er.

»Was ist logisch?«

»Das möchte ich jetzt noch nicht erklären, Sir. Wenn es mir nur möglich wäre, in vulkanische Gedanken-Verbindung mit der Kreatur zu treten – es wäre viel einfacher, wenn ich sie dabei berühren könnte...«

Bevor Kirk Gelegenheit hatte, gegen diese Absicht zu protestieren, war Spock schon an das Wesen herangetreten und streckte die Hand nach ihm aus. Sofort wich es zurück und stieß ein warnendes Rasseln aus.

»Schade«, sagte Spock. »Es läßt anscheinend niemanden an sich heran. Nun, dann muß es eben auch so gehen. Sie müssen nur ein wenig Geduld haben, Captain.«

Spock schloß die Augen und begann, sich zu konzentrieren. Die immense geistige Energie, die er dabei sammelte, war fast physisch sichtbar. Kirk hielt den Atem an. Die Kreatur zuckte beunruhigt und nervös.

Plötzlich verzog Spock das Gesicht. »Dieser Schmerz!« Er krümmte sich, und sein Gesicht war totenbleich. »Dieser Schmerz! Dieser unerträgliche Schmerz!« Er taumelte und sank zu Boden. Kirk konnte ihn im letzten Augenblick auffangen.

»Danke – Captain«, murmelte Spock und rang nach Atem. »Tut mir leid, aber ich habe nicht viel herausbekommen. Nur furchtbaren Schmerz habe ich gefühlt, unendliche, unerträgliche Schmerzen. Ach ja, da war noch ein Name. Es nennt sich Horta. Die Wunde verursacht ihm irrsinnige Schmerzen. Aber es reagiert ganz anders als ein verwundetes Tier.«

Plötzlich kroch es ein Stück zurück, zu einem ebenen und glatten Teil des Bodens. Dort blieb es einen Augenblick liegen, und als es weiterkroch, sahen die beiden Männer dort in den Stein des Bodens eingraviert die Worte: NICHT TÖTE ICH.

Kirk und Spock starrten diesen Satz verwundert an.

»›Nicht töte ich‹?« sagte Kirk. »Was soll das heißen? Es könnte eine Bitte an uns sein, es nicht zu töten, oder aber ein Versprechen, daß es uns nicht töten wird.«

»Ich weiß es auch nicht. Aber offenbar hat es während des empathischen Kontakts mit mir mehr über uns erfahren als ich über es. Aber beachten Sie, Captain, daß es in Vokabeln denken kann, in unserer Sprache! – Das bedeutet, daß es auch hören kann.«

»Horta!« sagte Kirk langsam und laut. Die Kreatur stieß ein kurzes Rasseln aus und war wieder still.

»Mr. Spock, es fällt mir nicht leicht, Ihnen die Strapaze noch einmal zuzumuten; aber mir ist eben eingefallen, daß dieses Wesen die Pumpe nicht zerstört haben kann, weil sie ja ganz aus Platin besteht und das von der Säuremischung nicht angegriffen werden konnte. Also muß es sie irgendwo versteckt haben. Und wir müssen sie wiederhaben. – Sie müssen also noch einmal Gedanken-Kontakt mit Horta herstellen, auch wenn es für Sie sehr schmerzhaft ist.«

»Selbstverständlich, Captain«, sagte Spock sofort. »Aber es hat keinen Grund, uns die Pumpe herauszugeben – und offensichtlich eine Menge Gründe, uns von diesem Planeten zu vertreiben.«

»Das ist mir völlig klar. Aber wenn es uns gelingt, sein Vertrauen zu gewinnen...«

Kirk schaltete seinen Kommunikator ein. »Dr. McCoy. – Hier spricht der Captain.«

»Ja, Captain«, antwortete McCoy.

»Nimm deine Instrumententasche und komm sofort her. Wir haben einen Patienten für dich.«

»Ist jemand verletzt worden? Was für eine Verletzung ist es?«

»Das kann ich nicht so genau sagen. Davon verstehe ich zuwenig. Beeile dich, Ebene 23. Suche uns mit dem Tricorder. Mach schnell! Ende.«

»Ich möchte Sie daran erinnern, Captain«, sagte Spock, »daß es sich hier um eine Lebensform auf Silikon-Basis handelt. Dr. McCoys medizinische Kenntnisse sind da vielleicht etwas überfordert.«

»Er ist Arzt. Also soll er heilen! – Und jetzt, Mr. Spock, nehmen Sie wieder mit der Kreatur Kontakt auf. Finden Sie heraus, warum sie plötzlich angefangen hat zu töten.«

Die Kreatur wand sich unruhig, als Spock auf sie zutrat. Aber sie wich nicht zurück. Sie zuckte nur und stieß ihr warnendes Rasseln aus. Spock schloß die Augen, und kurz darauf hörte das Rasseln auf.

Wieder piepste Kirks Kommunikator. »Hier Kirk.«

»Hier Giotto, Captain. Alles in Ordnung?«

»Ja. Wo stecken Sie?«

»Am Tunnelende, Sir. Mr. Vanderberg und seine Leute sind bei mir, und sie wollen Blut sehen. Ich wollte sicherheitshalber bei Ihnen anfragen...«

»Halten Sie die Leute dort fest, Commander. Sie dürfen unter gar keinen Umständen hereinkommen. Und wenn Dr. McCoy bei Ihnen auftaucht, schicken Sie ihn zu uns.«

»Verstanden, Sir. Giotto Ende.«

Spock war in einem tiefen Trancezustand. Er murmelte: »...Schmerzen... Schmerzen... Mord... Tausende... Teufel... das Ende der Ewigkeit... so schrecklich... schrecklich... in den Kammern der Zeit... dem Altar von morgen... schrecklich... Mörder... Mörder...«

»Mr. Spock! Die Pumpe!«

»...muß sie aufhalten... töten... zurückschlagen... Monster...«

Kirk hörte rasche Schritte, und dann trat Dr. McCoy in die Höhle, die Arzttasche in der Hand. Als er sah, was hier vor sich ging, blieb er wie angewurzelt stehen. Kirk winkte ihn schweigend zu sich, und McCoy machte einen weiten Bogen um die reglos daliegende Kreatur, als er neben Kirk trat.

»Was im Namen aller...«

»Es ist schwer verletzt«, flüsterte Kirk. »Du mußt ihm helfen.«

»Helfen – dem Ding da?«

»Sieh es dir einmal an.«

Vorsichtig trat McCoy näher an die Kreatur heran, die jetzt völlig reglos war wie eine Statue. Und auch Spock nahm keinerlei Notiz.

»...Ende allen Lebens... diese Mörder... töten... die Kinder...

alle tot...«

McCoy starrte in die klaffende Wunde und tastete sie vorsichtig ab. Dann zog er seinen Tricorder aus der Instrumententasche, richtete ihn auf die Kreatur und starrte ungläubig auf die Skalen des Instruments.

»Aber das ist doch...« Er fuhr herum und starrte Kirk indigniert an. »Das kann doch nicht dein Ernst sein. Das Ding ist außen aus Stein und innen aus Plastik.«

»Hilf ihm! Versuche es!«

»Ich bin Arzt und kein Maurer!«

»Du bist ein Arzt, ein Heiler«, sagte Kirk ungeduldig. »Dort ist dein Patient. Das ist ein Befehl, Doktor!«

McCoy schüttelte verwundert den Kopf, trat aber doch zu dem Tier zurück. Spock stand immer noch neben ihm, die Augen fest geschlossen, das Gesicht vor Anstrengung schweißüberströmt.

Kirk berührte ihn leicht am Arm. »Spock, sagen Sie ihm, daß wir ihm helfen wollen. Ein Arzt...«

»Verstanden«, sagte Spock leise. »Hier ist die Botschaft«, fuhr er dann fort. »Dies ist das Ende des Lebens. Die Ewigkeit ist zu Ende. Flieht, flieht! In den Tunnel, in die Passage der Unsterblichkeit. Zur Kammer der Zeiten. Weint um die Kinder. Geht behutsam im Gewölbe des Morgen. Trauert um die ermordeten Kinder. Weint um die Zermalmten. Tränen für die Gestohlenen. Das Ding, das ihr sucht, ist dort. Geht, geht! Trauer um das Ende aller Dinge.«

Kirk wußte nicht, ob er Anweisungen bekam oder einer Meditation beiwohnte. Er warf einen raschen Blick zum Tunnelausgang.

»Schnell!« sagte Spock. »In den Tunnel! Da ist eine schmale Passage! Schnell! Schnell! – Trauer, so viel Trauer... so viel Schmerzen.« Jetzt liefen Tränen über seine Wangen. »Trauer... die Toten... die Kinder...«

Kirk fühlte plötzlich Mitleid mit der Kreatur. Er verstand nicht ein Wort der Litanei; aber kein Mensch konnte diese vielen, emotionsgeladenen Worte mitanhören, ohne Mitleid zu empfinden.

Die Anweisungen stimmten, wie er kurz darauf feststellen konnte. Eine Minute später kam er wieder in die Höhle zurück, in einer Hand die Pumpe, in der anderen ein Silikon-Nodulus.

McCoy kniete neben der Flanke des Tieres und sprach in seinen Kommunikator. »Sehr richtig, Leutnant. Beamen Sie es sofort zu mir herunter. Fragen Sie nicht lange, wozu ich es brauche! Tun Sie, was ich

Ihnen sage! Und sofort!«

»Die Zeiten sterben«, murmelte Spock. »Es ist Zeit zu schlafen. Es ist vorbei. Die Mörder haben gesiegt. Der Tod ist Erlösung. Hier soll es zu Ende sein, bei meinen ermordeten Kindern…«

»Mr. Spock!« rief Kirk und schüttelte ihn. »Kommen Sie zurück, Mr. Spock!«

Spocks Körper zitterte bei der Anstrengung, seinen Geist von dem der Kreatur zu lösen.

Kirk legte die Pumpe vorsichtig zu Boden und wartete, bis Spock völlig aus der Trance erwacht war.

»Ich habe die Pumpe gefunden«, sagte er. »Sie ist völlig in Ordnung. An derselben Stelle habe ich auch an die tausend von diesen Silikonkugeln gefunden. Es sind Eier, nicht wahr, Mr. Spock?«

»Ja, Captain. Es sind Eier. Und die Jungen sind kurz vor dem Ausschlüpfen.«

»Die Arbeiter müssen das Nest aufgebrochen und Hunderte von den Eiern zerstört haben. Kein Wunder…«

Er hörte lautes Schreien, und als er sich umwandte, sah er Vanderberg, Appel und einen Haufen anderer Kolonisten in den Tunnel drängen. Sie schrien einander erregte Warnungen zu, als sie die Kreatur erblickten, rissen die Phaser hoch.

»Nein!« schrie Kirk. »Nicht schießen!«

»Bringt es um! Bringt es um!« schrie Appel wütend.

Kirk hob die Waffe. »Derjenige, der als erster schießt, stirbt!«

»Das ist doch wohl nicht Ihr Ernst!« schrie Vanderberg und deutete mit einem vor Wut zitternden Finger auf das Wesen. »Das Monster hat fünfzig meiner Männer getötet!«

»Nachdem Sie Hunderte seiner Kinder umgebracht haben«, sagte Kirk ruhig.

»Was?«

»Die ›Silikon-Nodulen‹, die Sie gesammelt und zerstört haben, waren Eier. Erklären Sie es ihm, Mr. Spock.«

»Es hat seit unendlicher Zeit immer Hortas auf diesem Planeten gegeben«, sagte Spock. »Alle fünfzigtausend Jahre stirbt die ganze Gattung aus – bis auf ein einziges Muttertier wie dieses hier. Es gibt nur die Eier. Die Mutter beschützt sie, kümmert sich um sie, und wenn die Jungen ausschlüpfen – Tausende von Jungen – nährt und pflegt sie die Brut. Dieses Wesen hier ist die Bewahrerin ihrer Gattung.«

»Sie ist intelligent, friedfertig und harmlos«, setzte Kirk hinzu. »Sie hat den Planeten jahrzehntelang mit Ihnen geteilt – bis Sie in ihr Gelege einbrachen und ihre Eier zerstörten. Erst dann begann sie, sich zur Wehr zu setzen – wie jede andere Mutter es auch getan hätte – und auf ihre Art.«

»Das konnten wir doch nicht riechen«, sagte Vanderberg trotzig. Doch er wirkte trotz der forschen Worte unsicher und verblüfft. »Aber – wenn die Jungen ausschlüpfen, dann kriechen doch Tausende von diesen Ungeheuern hier herum! – Wir müssen *Pergium* liefern!«

»Und das können Sie auch, weil Sie jetzt Ihre Reaktorpumpe wiederhaben. *Es* hat sie Ihnen zurückgegeben. Sie haben sich vorhin beschwert, daß so viele Vorkommen an Mineralien Ihnen unzugänglich bleiben. Nun, dieses Wesen bohrt sich durch Gestein wie wir durch Wasser schwimmen. – Und hinterläßt Tausende von Tunnels! Sie ist der beste Bergarbeiter des ganzen Universums.«

»Aber wir...«

»Ich sehe nicht ein, warum Sie nicht mit ihm zu einem Abkommen gelangen könnten – einer Art *modus vivendi*: Die Hortas bohren die Tunnels, Sie bauen die Mineralien ab und verarbeiten sie. Dadurch würde Ihre Produktion sich vertausendfachen.«

»Klingt nicht schlecht«, sagte Vanderberg zögernd, aber immer noch zweifelnd. »Aber woher soll ich wissen, daß dieses... diese *Horta* darauf eingeht?«

»Warum sollte sie es nicht tun?« sagte Spock. »Es ist doch völlig logisch. Es gibt nur ein einziges Problem: Sie ist schwer verletzt. Vielleicht wird sie sterben.«

»Das wird sie nicht.« McCoy erhob sich, ein breites Grinsen auf dem Gesicht. »Herrgott, jetzt halte ich mich bald wirklich für einen Wunderdoktor!«

»Du hast sie geheilt?« sagte Kirk erstaunt. »Wie denn?«

»Ich habe mir vom Schiff zehn Pfund Thermozement herunterbeamen lassen. Das Zeug ist fast reines Silikon, und ich habe die Wunde damit einfach zubetoniert. Der ›Verband‹ fällt von allein wieder ab, sowie die Wunde ausgeheilt ist. Sieh selbst. So gut wie neu, nicht?«

»Ich gratuliere, Pille! – Mr. Spock, ich muß Sie noch einmal bitten, sich mit der Horta in Verbindung zu setzen. Unterbreiten Sie ihr unseren Vorschlag: Sie und ihre Kinder können so viele Tunnels bohren, wie sie wollen. Unsere Leute werden die Mineralien abbauen. Und jede Seite wird die andere in Ruhe lassen. Glauben Sie, daß sie darauf eingeht?«

»Wie ich schon sagte, es ist ein logischer Vorschlag, und die Horta ist ein sehr logisch denkendes Wesen.« Er machte eine kurze Pause. »Und nach all den Jahren in menschlicher Gesellschaft finde ich das ausgesprochen erfrischend, wieder einmal ein logisch denkendes Wesen zu treffen.«

DIE REISE NACH BABEL

Eine Ehrenwache von acht Mann hatte vor der Luftschleuse Posten bezogen, vier an jeder Seite. Kirk, Spock und McCoy, in blauer Gala-Uniform, standen an der Spitze des kleinen Spaliers. McCoy fuhr mit dem Finger in den unbequemen Hemdkragen, den er zuvor als Schlinge bezeichnet hatte, in dem sein Hals stecke. »Wie geht diese vulkanische Begrüßung?« fragte er Spock.

Spock zeigte es ihm. Die Geste war kompliziert und McCoys Versuch, sie nachzumachen, war alles andere als überzeugend. Der Arzt schüttelte seinen Kopf. »Das ist ja noch unangenehmer als die Uniform.«

Aber die Uniformen waren nicht ihr Hauptproblem, überlegte Kirk, ein wenig unbehaglich. Wenn der Empfang vorbei war, konnten sie sie wieder ablegen, und die Vulkanier waren die letzte Delegation, die sie an Bord nehmen mußten. Danach kam die Reise zu dem neutralen Planeten mit der Codebezeichnung »Babel« – eine zweiwöchige Fahrt mit hundertvierzehn Vertretern der Föderation an Bord, davon zweiunddreißig Botschafter, von denen die eine Hälfte mit der anderen verfeindet war, und alle zusammen so brisant wie ein Haufen von Antimaterie.

Und alles wegen der Cordian-Frage.

Das würde unbequem werden. Dagegen war die Uniform mit ihrem engen Kragen ein…

Die Luftschleuse öffnete sich, und der Vulkan-Botschafter Sarek trat heraus. Wegen der ungewöhnlich hohen Lebenserwartung der Vulkanier war es schwer, sein Alter zu schätzen. Er sah aus, als ob er nicht älter als Ende vierzig wäre, aber Kirk wußte, daß er in Wirklichkeit hundertzwei Jahre alt war, was nach vulkanischen Maßstäben einem mittleren Alter entsprach.

Ihm folgte, mit einigen Schritten Abstand, eine Frau in einem bunten Umhang, und den Schluß bildeten zwei seiner Mitarbeiter.

Kirk, Spock und McCoy grüßten militärisch, als die Abordnung durch das Spalier der Ehrenwache auf den Kommandanten zuschritt.

Spock trat einen Schritt vor.

»Vulkan erweist uns eine große Ehre«, sagte er förmlich. »Wir stehen zu Ihren Diensten.«

Sarek wandte ihm demonstrativ den Rücken zu und trat zu Kirk, um ihn zu begrüßen. Als er sprach, zeigte seine Stimme fast keine Modulation.

»Captain, es ist uns eine große Ehre.«

»Ich danke Ihnen«, sagte Kirk mit einer leichten Verbeugung. »Darf ich Ihnen meinen Ersten Offizier, Commander Spock, vorstellen und Dr. McCoy, meinen Bordarzt.«

Sarek nickte den beiden kurz zu und wies mit einer flüchtigen Geste auf seine Begleiter. »Meine Assistenten.« Er winkte die Frau näher. »Und das ist Amanda, meine Frau.«

»Madame.« Kirk verneigte sich. »Sobald Sie es sich in Ihren Kabinen bequem gemacht haben, Sir, wird Sie mein Erster Offizier durch das Schiff führen.«

»Ich würde einen anderen Führer vorziehen«, sagte der Botschafter kühl.

Sein Gesicht war dabei völlig ausdruckslos, und auch Spock blieb unbewegt. Diese Brüskierung, noch deutlicher als die vorangegangene, war Kirk unerklärlich. Aber er wollte und durfte den Botschafter nicht verärgern.

»Wie Sie wünschen, Sir. – Mr. Spock, wir verlassen die Umlaufbahn erst in zwei Stunden. Wollen Sie hinunterbeamen und Ihre Eltern besuchen?«

Spock starrte Kirk sekundenlang mit unbewegtem Gesicht an. Dann sagte er: »Captain, Botschafter Sarek und seine Frau *sind* meine Eltern.«

Wie ich befürchtet hatte, dachte Kirk, nachdem er den ersten Schock überwunden hatte, diese Reise wird mehr als nur »unbequem«.

Nach einigem Überlegen übernahm Kirk es selbst, den Botschafter und seine Begleitung an Bord herumzuführen. Er fand Spocks Mutter besonders interessant – sogar außergewöhnlich –, obwohl er nur sehr selten einen Blick auf sie werfen konnte. Sie hielt sich ständig ein wenig hinter und seitlich von ihrem Mann; eine vulkanische Sitte, an die sie sich wahrscheinlich nur schwer gewöhnt hatte. Denn Spocks Mutter stammte von der Erde.

Trotz ihrer fast sechzig Jahre wirkte sie noch immer jugendlich, voller Energie und Spannkraft. Sie hatte einen Vulkanier geheiratet und war ihm in seine Heimatwelt gefolgt, in der es für menschliche – und weibliche – Emotionen keinen Platz gab. Kirk vermutete, daß sie sich ihren menschlichen Humor, ihre menschliche Würde, bewahrt hatte; aber beides war tief in ihrem Inneren begraben, ein Opfer an die Gesellschaft und die Lebensgewohnheiten ihres Mannes.

Kirk führte die Gruppe in den Maschinenraum. Spock, der jetzt wieder normale Dienstuniform trug, arbeitete in einem abgeteilten Raum an seinen Computern.

»Dies ist der Maschinenraum«, erklärte Kirk seinen Gästen. »Dort drüben sehen Sie die Notaggregate, die sich automatisch einschalten, sobald irgendeine Funktion der Hauptmaschinen ausfällt. Wir haben auch eine Anzahl von Überwachungscomputern hier.«

Amanda stand immer noch seitlich hinter Sarek, und Kirk sah, daß sie leise, und ohne daß Sarek es merkte, zu Spock trat. Aus dem Augenwinkel sah Kirk, wie sie die Hände kreuzten und sich damit, bei vorgestreckten Handflächen, in ritueller Umarmung berührten. Dann begannen sie sich flüsternd zu unterhalten. Spocks Gesicht war ausdruckslos, wie üblich. Einmal schüttelte Amanda reuevoll ihren Kopf.

Kirk fuhr mit seinen Erklärungen fort und hoffte, jeden Ärger zu vermeiden. Aber Sareks scharfen Blicken entging nichts.

»Meine Frau, komm zu mir.«

Wortlos nickte sie Spock zu und trat gehorsam seitlich hinter ihren Mann, ihre Finger verbanden sich mit denen von Sarek.

Spock raffte ein paar Bandspulen zusammen und stand auf, um den Raum zu verlassen. Kirk hatte plötzlich eine Idee.

»Mr. Spock, einen Augenblick, bitte.«

Der erste Offizier wandte sich widerstrebend um. »Ja, Captain?«

»Herr Botschafter, ich bin kein Fachmann für Computer. Mr. Spock, würden Sie das bitte übernehmen?«

»Ich habe Spock die ersten Lektionen in Computertechnik erteilt«, sagte Sarek mit ausdruckslosem Gesicht. »Er hat es jedoch vorgezogen, sein Wissen der Sternenflotte zur Verfügung zu stellen und nicht der Vulkanischen Wissenschaftlichen Akademie.«

Das war es also. Und in seinem Bemühen, eine angespannte Situation abzumildern, hatte er die Hand mitten in die Wunde des Familienzwistes gelegt. Mit einem entschuldigenden Nicken entließ er Spock und wandte sich wieder Sarek zu.

»Bitte, entschuldigen Sie, Sir. Ich wollte Sie wirklich nicht beleidigen...«

»Das ist eine menschliche Schwäche, Captain. Aus anderen Gründen ziehe ich mich jetzt in meine Kabine zurück. Du setzt die Führung fort, meine Frau. –«

Amanda senkte den Kopf in charakteristischer Zustimmung, und Sarek ging. Kirk war verwundert und auch verwirrt über das Benehmen seines Ersten Offiziers und dessen Familie und schüttelte den Kopf.

»Ich verstehe überhaupt nichts, Mrs. Sarek«, sagte er zu Spocks Mutter.

»Sagen Sie Amanda zu mir«, antwortete sie leise. »Ich fürchte, Sie werden meinen vulkanischen Familiennamen nie richtig aussprechen lernen.«

»Können Sie es denn?«

Ein Lächeln erschien auf ihren Lippen, doch es verschwand, als sie in ihre Traditionen zurückfiel. »Einigermaßen, und nach jahrelanger Übung... Wollen wir die Führung jetzt fortsetzen? Mein Mann hat es so gewünscht.«

»Es klang eher wie ein Befehl.«

»Natürlich war es ein Befehl. Er ist Vulkanier, und ich bin seine Frau.«

»Und Spock ist sein Sohn.«

Amanda blickte ihn forschend an. »Sie begreifen die vulkanische Denkweise nicht, Captain. Sie beruht allein auf der Logik und ist besser als die unsere – aber nicht leicht zu verstehen. Sie hat Sarek und Spock daran gehindert, wie Vater und Sohn miteinander zu reden – seit achtzehn Jahren.«

»Spock ist mein bester Offizier«, sagte Kirk. »Und mein bester Freund.«

»Ich bin froh, daß er einen Freund wie Sie besitzt. Es war nicht leicht für ihn – ist er doch weder ganz Mensch noch ganz Vulkanier; und eigentlich nirgendwo zu Hause – außer bei der Sternenflotte.«

»Ich nehme an, daß das Zerwürfnis mit seinem Vater auf seiner Berufswahl beruht.«

»Mein Mann hat nichts gegen die Sternenflotte. Aber Vulkanier vertreten die Überzeugung, daß der Friede nicht von der Gewalt abhängig sein darf. Sarek hatte erwartet, daß Spock nach *seiner* Überzeugung leben würde, genauso, wie Sarek die Lehren *seines* Vaters übernommen hat.«

»Und keiner der beiden will einlenken, nicht wahr?«

Amanda lächelte wieder. »Eine Schwäche, die auch den Menschen eigen ist, Captain.«

Aus dem Lautsprecher ertönte Leutnant Uhuras Stimme. »Brücke an Captain Kirk.«

Kirk betätigte einen Schalter. »Hier Kirk.«

»Captain, ich habe eben ein Signal aufgefangen. Nichts Identifizierbares, nur ein paar Symbole.«

»Quelle?«

»Das ist ja das Problem, Sir. – Nicht feststellbar. Für eine Ortung war es zu kurz, und die Sensoren zeigen in der Richtung überhaupt nichts an. Aber das Signal war klar und deutlich, als wenn der Sender in unmittelbarer Nähe liegen würde.«

»Gehen Sie auf Alarmstufe vier. Schalten Sie die Sensoren auf weiträumige Suche. Kirk Ende.« Kirk runzelte die Stirn und schaltete ab. »Madame, ich muß Sie leider bitten, mich zu entschuldigen. Ich hoffe, Sie heute abend beim Empfang wiederzusehen.«

»Selbstverständlich, Captain. Vulkanier kennen die Pflicht ebenso wie die Menschen.«

Die Offiziersmesse drohte aus den Nähten zu platzen, als Kirk eintrat. Die Delegierten der verschiedenen Planeten unterhielten sich, bedienten sich an einem auserlesenen Buffet exotischer Getränke und *Hors d'œuvres.*

Über der scheinbaren Ungezwungenheit aber hing spürbar eine Spannung, die an Feindseligkeit grenzte. Die Interplanetarische Konferenz war einberufen worden, um über einen Beitrittsantrag der Cordian-Planeten zur Föderation abzustimmen. Das Cordian-System war aber bereits von einigen Rassen, deren Vertreter sich an Bord der *Enterprise* befanden, als ihr Hoheitsgebiet bezeichnet worden, und diese Delegierten hatten deshalb allen Grund, Cordians Anschluß an die Föderation zu verhindern. Es war eine schwierige Aufgabe, den Ausbruch offener Feindseligkeiten zu verhindern, denn viele der Delegierten waren nicht einmal Diplomaten, sondern untergeordnete

Beamte, denen diese Aufgabe von Vorgesetzten übertragen worden war, die sich der Verantwortung für die Ergebnisse der Konferenz von Babel auf jeden Fall entziehen wollten.

Kirk entdeckte Spock und McCoy bei einer Gruppe, zu der auch ein Tellarit namens Gav gehörte, sowie zwei Andorianer namens Shras und Thelev und auch Sarek mit seiner Frau. Nun, zumindest gingen Spock und sein Vater sich nicht völlig aus dem Weg, dachte Kirk zufrieden.

Als Kirk herantrat, sagte McCoy gerade: »Herr Botschafter, ich habe gehört, daß Sie sich kürzlich aus dem aktiven Dienst zurückgezogen haben. Bitte entschuldigen Sie meine Neugier, aber als Arzt interessiert es mich natürlich, warum ein Vulkanier in so relativ jungen Jahren schon in Pension geht. Sie sind doch erst um die hundert Jahre alt, nicht wahr?«

Wie es für die Andorianer wegen ihrer empfindlichen Antennen charakterisch war, hörte Shras mit gebeugtem und leicht schräggestellten Kopf zu, während Gav, der an einem Brandyglas nippte, Sarek direkt ins Gesicht starrte. Für einen Erdenmenschen, der nicht mit beiden Rassen vertraut war, wäre es schwer zu sagen, wer von den beiden, wenn überhaupt, unhöflich war.

»Hundertzwei Jahre nach Ihrer Zeitrechnung«, erwiderte Sarek. »Aber ich hatte einen anderen Grund für meine Pensionierung.«

Gav stellte den Schwenker ab und lehnte sich noch weiter nach vorne. Als er sprach, war seine Stimme rauh und holprig. Terranisch war schwierig für seine Rasse, obwohl er es besser sprach als die meisten. »Sarek von Vulkan, werden Sie für oder gegen den Anschluß Cordians an die Föderation stimmen?«

»Die Abstimmung findet nicht hier statt, Botschafter Gav«, sagte Sarek kühl. »Ich werde den Beschluß meiner Regierung auf Babel bekanntgeben.«

»Ich habe gefragt: wie stimmen *Sie*, Sarek von Vulkan?«

Shras hob die Brauen. »Warum interessiert Sie das, Tellerit?« Seine Stimme war leise und seidenweich.

»Weil andere sich nach seiner Stimme richten werden«, sagte Gav und deutete mit dem Finger auf Sarek. »Ich will wissen, auf welcher Seite er steht, und warum.«

»Das ist ein…«

»Meine Herren«, unterbrach Kirk. »Wie Botschafter Sarek bereits erklärt hat, sind wir hier nicht im Konferenzsaal auf Babel. Ich weiß sehr wohl, daß es zum Anschluß Cordians eine Menge Für und Wider gibt; aber das Problem können Sie hier nicht lösen.«

Ein paar Sekunden lang starrten die Botschafter einander feindselig an. Dann nickte Sarek Kirk zu. »Sie haben völlig recht, Captain. Ihr Standpunkt ist durchaus logisch.«

»Bitte um Verzeihung, Captain«, sagte Shras mit seiner seidigen Flüsterstimme.

Gav blickte von einem zum anderen, dann sagte er: »Sie entschuldigen mich, bitte«, machte auf dem Absatz kehrt und ging fort.

»Sie haben Gav schon früher kennengelernt?« fragte Shras den Vulkanier.

»Wir hatten bei der letzten Konferenz eine kleine Meinungsverschiedenheit.«

»Und Botschafter Gav hat sie verloren«, setzte Amanda mit unbewegtem Gesicht hinzu. Falls diese Eröffnung Shras amüsierte, so zeigte er es nicht. Er nickte den anderen schweigend zu und ging ebenfalls.

»Spock, ich habe eigentlich immer vermutet, daß Sie einige menschliche Eigenschaften besitzen«, sagte McCoy in einem sehr durchsichtigen Versuch, die Spannung ein wenig zu mildern. »Mrs. Sarek, ich weiß, wie streng die Erziehung der Jungen auf Vulkan ist. Aber hat Ihr Sohn nie gespielt und herumgetollt wie ein menschliches Kind? – Auch nicht heimlich?«

»Er hatte einen Sehlat, den er sehr liebte«, sagte Amanda.

»Einen *Sehlat?*«

»Es sieht aus wie ein fetter Teddybär.«

McCoys Augen weiteten sich. »Einen Teddybär?«

Ein paar andere Offiziere hatten diese Worte mitgehört und kicherten amüsiert. Rasch nahm Sarek den Arm seiner Frau und wandte sich an Kirk. »Sie entschuldigen uns, Doktor; aber es war für meine Frau ein sehr anstrengender Tag.« Er schob sie zur Tür.

McCoy wandte sich Spock zu, der keinerlei Verlegenheit zeigte. »Einen Teddybären!« sagte er lachend.

»Der Vergleich stimmt nicht ganz«, sagte Spock ungerührt. »Auf Vulkan sind die ›Teddybären‹ lebendig und haben zehn Zentimeter lange Reißzähne.«

McCoy starrte den Vulkanier entgeistert an und wußte ganz offensichtlich nicht, was er sagen sollte. Aber er wurde der Antwort enthoben, weil einer der Wand-Kommunikatoren leise summte, und dann sagte Chekovs Stimme: »Brücke an Captain Kirk.«

»Hier Kirk.«

»Captain, Sensoren melden nicht identifizierbares Raumschiff auf Parallelkurs.«

»Ich komme sofort. Alarmstufe gelb. Passagiere dürfen unter keinen Umständen beunruhigt werden.« Er wandte sich um. »Mr. Spock!«

Das fremde Schiff war klein, wahrscheinlich nur ein Aufklärer. Der Typ war unbekannt, und es hatte keine Erlaubnis, sich in diesem Quadranten aufzuhalten. Seit fünf Minuten lief es auf Parallelkurs außer Reichweite der Phaser-Geschütze neben der *Enterprise* her und antwortete auf keinen der Anrufe auf verschiedenen Frequenzen und in verschiedenen Sprachen. Ein Versuch, auf Kollisionskurs mit dem fremden Schiff zu gehen, zeigte, daß es nicht nur manövrierfähiger war als die *Enterprise,* sondern auch um Solfaktor 2 schneller. Kirk befahl eine genaue Analyse aller Sensoraufzeichnungen, die bei der kurzen Annäherung der beiden Schiffe gemacht worden waren, und ging wieder zum Empfang zurück.

Ein großer Teil der Gäste war schon gegangen. Aber Gav war noch da. Er saß einsam in einer Ecke und trank wieder einen Kognak. Falls er versuchte, betrunken zu werden, war sein Bemühen vergeblich, wußte Kirk. Alkohol hatte auf Tellariten nur eine einzige und fatale Wirkung: er machte sie aggressiv. Shras und Thelev waren ebenfalls noch da und unterhielten sich mit einigen anderen Delegierten.

Interessiert stellte Kirk fest, daß auch Sarek zurückgekommen war, und fragte sich nach dem Grund dafür. Hatte er nur Amanda in die Kabine bringen wollen, um zu verhindern, daß sie seinen Sohn noch mehr in Verlegenheit brachte? Nein, er kannte ja keine emotionellen Motive für sein Handeln. Was aber war die logische Motivation? Vielleicht war Sarek der Ansicht, daß Spock Offizier der Sternenflotte war – ob es seinem Vater paßte oder nicht – und daß er als Offizier seine Pflicht nur dann erfüllen konnte, wenn er geachtet und respektiert wurde? Das wäre eine mögliche Erklärung für Sareks Handeln. Aber Kirk wußte, daß seine Kenntnisse der vulkanischen Psychologie überaus lückenhaft waren.

Während Kirk diese Überlegungen anstellte, war Sarek an einen Getränkeautomaten getreten, hatte sich ein Glas eingeschenkt und mit der Flüssigkeit eine Pille heruntergespült.

Gleichzeitig hatte Gav sich erhoben und war von hinten an ihn herangetreten. Kirk befürchtete, daß es zu einer Auseinandersetzung zwischen den beiden kommen könnte, und trat unbemerkt näher. Und wirklich kam Gav auch sofort wieder auf die Cordian-Frage zurück.

Sarek antwortete: »Es scheint Ihnen tatsächlich nicht möglich zu sein, Ihre Neugier bis zur Abstimmung zu zügeln. Aber es ist schließlich kein Geheimnis: Wir sind *für* den Anschluß.«

»Dafür? – *Warum?*«

»Weil Cordian dann unter dem Gesetz der Föderation steht und von ihr geschützt werden kann, zum Nutzen seiner Bevölkerung.«

»Ihnen kann das natürlich nur recht sein«, sagte Gav. »Vulkan hat keine Minen-Interessen.«

»Die Cordianer besitzen fast unerschöpfliche Vorkommen von Dilithiumkristallen; aber der Planet ist untervölkert und ungeschützt. Das fordert einen illegalen Abbau der Bodenschätze geradezu heraus.«

»Illegal! Wollen Sie uns etwa beschuldigen...«

»Nicht im geringsten«, sagte Sarek ruhig. »Aber wir haben Meldungen erhalten, daß Ihre Schiffe Dilithiumkristalle cordianischen Ursprungs transportiert haben.«

»Wollen Sie uns etwa Diebe nennen?« Ohne jede Vorwarnung sprang Gav wutentbrannt auf Sarek zu und packte ihn am Hals. Sarek wehrte ihn mit einer blitzschnellen Bewegung ab und schleuderte den Tellariten gegen einen Tisch. Als Gav sich erneut auf Sarek stürzen wollte, trat Kirk ihm in den Weg und drängte ihn zurück.

»Lügen!« schrie Gav über Kirks Schulter hinweg. »Alles Lügen! Sie beleidigen mein Volk!«

»Aber, *meine Herren!*« sagte Kirk.

Gav hörte auf, sich zu wehren, und Kirk ließ ihn los. Er trat einen Schritt zurück und blickte beide Botschafter kühl an. »Was Sie miteinander zu diskutieren haben, ist Ihre Angelegenheit. Aber meine Aufgabe ist es, dieses Schiff zu führen. Und solange ich hier das Kommando habe, verlange ich Ruhe und Ordnung an Bord.«

»Selbstverständlich, Captain«, sagte Sarek.

»Natürlich.« Gav blickte Sarek wütend an. »Aber verlassen Sie sich darauf, Sie werden mir diese Beleidigung teuer bezahlen!«

»Drohungen sind unlogisch«, sagte Sarek kühl, »und solche ›Bezahlungen‹ kommen einen meist sehr teuer zu stehen.«

Aber der Streit schien vorerst beigelegt. Und auch der Empfang war vorüber. Kirk zog sich in seine Kabine zurück. Er war zu müde, um sich Sorgen zu machen. Es war ein harter Tag gewesen, voller Probleme, von denen noch nicht eins gelöst worden war. Die Nachtwache war aufgezogen, und es war ein Vergnügen, durch die stillen, halbdunklen Korridore zu gehen.

Aber noch war der Tag nicht vorüber. Er war gerade in seiner Kabine angelangt und hatte begonnen, die unbequeme Gala-Uniform auszuziehen, als eine Stimme aus dem Intercom sagte: »Wache an Captain Kirk.«

»Was ist denn jetzt schon wieder?« seufzte er.

»Hier Kirk«, meldete er sich.

»Leutnant Josephs, Sir. Ich bin auf Deck 11, Sektion A-3. Ich habe eben einen der Tellariten gefunden. Er ist ermordet und in ein Lüftungsrohr gesteckt worden. Ich glaube..., es ist der Botschafter selbst, Sir.«

Damit war ein Teil seiner Aufgabe – die Aufrechterhaltung von Ruhe und Frieden an Bord – schon am ersten Tag fehlgeschlagen.

McCoy kniete im Korridor vor der Öffnung des Lüftungsschachts und untersuchte Gavs Leiche. Er benützte dazu keine Instrumente, sondern nur seine geschickten Chirurgenfinger. Kirk und Spock sahen ihm zu. Leutnant Josephs und zwei Männer der Nachtwache warteten darauf, die Leiche abtransportieren zu können.

Endlich stand McCoy auf.

»Wie ist er getötet worden?« fragte Kirk.

»Sein Genick wurde gebrochen. Von einem Experten.«

Spock warf McCoy einen raschen Blick zu und beugte sich ebenfalls über die Leiche.

»Begründe das«, sagte Kirk.

»Aus der Bruchstelle und der Art des Bruches schließe ich, daß der Killer genau gewußt hat, wo er zudrücken mußte, um das Rückgrat mit einem Ruck zu brechen. Es ging so schnell, daß nicht die geringste Schwellung zu sehen ist.«

»Und wer, außer dir, besitzt solche anatomischen Kenntnisse?«

»Vulkanier«, sagte Spock und richtete sich wieder auf. »Auf Vulkan wird diese Methode *tal-shaya* genannt und wurde im Altertum für die Euthanasie verwendet.«

»Mr. Spock«, sagte Kirk, »vor knapp zehn Minuten habe ich eine Auseinandersetzung zwischen Gav und Ihrem Vater abgebrochen.«

»Wirklich, Captain? Äußerst interessant.«

»Interessant nennen Sie das? – Spock, sehen Sie denn nicht ein, daß Ihr Vater dadurch zum Hauptverdächtigen wird!«

»Nein«, sagte Spock ruhig. »Es wäre doch höchst unlogisch, völlig grundlos einen Mord zu begehen.«

»Aber wenn er doch einen Grund dazu gehabt hätte?«

»Wenn es einen Grund zum Mord gäbe, würde mein Vater auch töten – logisch, kühl, sachlich und ohne zu zögern. Er hat das Geschick dazu und ist erst in mittlerem Alter.«

Kirk starrte seinen Ersten Offizier eine Weile sprachlos an. Dann sagte er: »Kommen Sie mit. Du auch, Pille.«

Er ging den beiden Offizieren voran zu Sareks Kabine, klopfte an und wurde von der freundlich lächelnden Amanda eingelassen.

»Bitte entschuldigen Sie, Madame, wenn ich Sie noch so spät störe«, sagte er. »Aber ich muß dringend mit Ihrem Mann sprechen.«

»Mein Mann ist nicht da. Er ist schon eine ganze Weile fort. Er hat die Angewohnheit, vor dem Schlafengehen noch eine Weile zu meditieren. Was ist denn los, Spock?«

In dem Augenblick öffnete sich die Tür, und Sarek trat herein. »Wünschen Sie etwas von mir, Captain?«

Kirk merkte sofort, daß Sarek irgendwie angespannt wirkte. Nicht ausgesprochen nervös und unruhig, sondern wie ein Mann, der sich bemüht, irgend etwas zurückzudrängen.

»Sir, der Tellarit Gav ist ermordet worden. Man hat ihm das Genick gebrochen, und zwar mit einer vulkanischen Technik, die Spock als *tal-shaya* bezeichnet.«

Sarek warf einen raschen Blick auf seinen Sohn und hob die Brauen. »Wirklich? Sehr interessant.«

»Ich möchte Sie fragen, Botschafter, wo Sie während der letzten Stunde gewesen sind.«

»Aber das ist doch lächerlich, Captain«, sagte Amanda. »Sie wollen ihn doch nicht etwa beschuldigen...«

»Wenn es sich auch nur um Indizienbeweise handelt, Mutter«, sagte Spock, »ist er logischerweise verdächtig.«

»Sehr richtig«, nickte Sarek, doch schien seine innere Spannung sich noch zu steigern. »Ich habe mich zur Meditation zurückgezogen. Spock wird Ihnen bestätigen, daß die Meditation bei uns gebräuchlich und ein sehr intimes Erlebnis ist, über das man nicht spricht; auf keinen Fall mit Erdenmenschen.«

»Das ist eine sehr plausible Entschuldigung, Botschafter, aber...«

Er brach ab, als Sarek vor seinen Augen langsam zu Boden sank. Er war in die Knie gesunken, bevor Kirk und Spock ihn auffangen konnten. Er stöhnte. Ein Schmerz, der einen Vulkanier dazu brachte, so ein Zeichen von Schwäche zu zeigen, mußte wirklich unerträglich sein.

McCoy machte eine rasche Tricorder-Diagnose, nahm einen Spray-Injektor aus seiner Instrumententasche, zog ihn auf und gab Sarek eine Injektion. Dann wandte er sich wieder dem Tricorder zu und beobachtete die Anzeigen genauer.

»Was ist mit ihm?« fragte Amanda.

»Ich weiß auch nicht... ich kenne mich mit der Physiologie der Vulkanier nicht so recht aus. Ich habe den Eindruck, daß es irgendwie mit dem kardiovaskulären System zusammenhängen muß, aber...«

»Kannst du ihm helfen, Pille?«

»Auch das kann ich nicht sagen.«

Kirk blickte von der Mutter zum Sohn. Spocks Gesicht war ausdruckslos wie immer; aber in Amandas Augen standen Schreck und Angst, die nicht einmal jahrzehntelange Anpassung an Bräuche und Traditionen des Planeten Vulkan hatten völlig tilgen können.

»Ich muß mich zur Ruhe begeben«, sagte Kirk entschuldigend. »Es gibt noch ein anderes Problem, für das ich morgen früh einen klaren Kopf brauchen werde. Falls Sie mich vorher hier brauchen sollten, wird Dr. McCoy mich selbstverständlich rufen, Madame.«

»Ich verstehe, Captain«, sagte sie mitfühlend. »Gute Nacht. Und vielen Dank.«

Wirklich eine außergewöhnliche Frau.

Am nächsten Morgen mußte Kirk feststellen, daß man bezüglich des Raumschiffes, das die *Enterprise* beschattete, noch keinen Schritt weitergekommen war. Die Computeraufzeichnungen, die während der kurzen Annäherung gemacht worden waren, deuteten darauf hin, daß es entweder einen Rumpf von außergewöhnlicher atomarer Dichte besaß oder aber auf andere Weise gegen die Suchstrahlen von Sensoren abgeschirmt war. Es war zweifellos ein bemanntes Raumschiff. Aber von wem oder was bemannt? Die Romulaner besaßen keine Raumschiffe dieser Art, und auch die Föderation und die neutralen Planeten nicht. Und daß es sich um ein Raumschiff der Klingonen handelte, war noch unwahrscheinlicher.

Zwei Funkfragmente waren aufgefangen worden. Sie waren in einem unbekannten Code abgefaßt – und die Empfangsstelle schien irgendwo innerhalb der *Enterprise* zu liegen. Kirk befahl, das Lokalisierungsfeld so einzuengen, daß es nur noch das Innere des eigenen Schiffes umschloß. Falls irgend jemand an Bord ein eigenes Empfangsgerät bei sich haben sollte, wie es jetzt den Anschein hatte, mußte man ihn auf diese Weise fassen können. *Falls* das andere Raumschiff noch einmal funken sollte!

Sonst konnte er im Augenblick nichts tun. Spocks einzige Sorge über die Krankheit seines Vaters schien sich auf ihre möglichen Auswirkungen auf den Erfolg der Konferenz zu beschränken.

Kirk suchte das Bordlazarett auf. Sarek lag in einem der Betten, und McCoy und Schwester Christine Chapel versuchten, die eigenartigen Werte zu deuten, welche die Körperfunktionen des Vulkaniers auf den Instrumenten anzeigten. Amanda stand in der Nähe der Tür und gab sich alle Mühe, niemandem im Weg zu sein. Sarek selbst sah aus, als ob er sich zwar nicht sehr wohl fühlte, aber nicht mehr an unerträglichen Schmerzen litt.

»Wie geht es ihm, Pille?« fragte Kirk leise.

»Soweit ich es beurteilen kann, leidet unser Hauptverdächtiger an einem Herzklappenfehler«, sagte McCoy stirnrunzelnd. »Mrs. Sarek, hat er schon einmal Anfälle dieser Art gehabt?«

»Nie«, sagte Amanda.

»Doch«, antwortete Sarek fast gleichzeitig. »Ich hatte schon drei solcher Anfälle. Mein Arzt hat mir Benjanidrin verordnet.«

»Warum hast du mir nie etwas davon gesagt?« fragte Amanda.

»Weil du nichts daran hättest ändern können. Außerdem ist der Zustand nicht ernst, vorausgesetzt, daß ich in Pension ginge. Und das habe ich selbstverständlich getan.«

»Wann hatten Sie diese Anfälle, Botschafter?« fragte McCoy.

Zwei kurz vor meiner Pensionierung. Den dritten gestern abend, als ich auf dem Beobachtungsdeck meditierte. – Zur gleichen Zeit, als der Tellarit ermordet wurde. Ich war also zu diesem Zeitpunkt völlig aktionsunfähig.«

»Ich habe gesehen, daß Sie wenige Minuten zuvor eine Tablette genommen haben«, sagte Kirk. »Wenn Sie eine davon Dr. McCoy zur Analyse überlassen würden, Sir, würde das vielleicht ein Indiz zu Ihren Gunsten sein. – Waren irgendwelche Zeugen auf dem Beobachtungsdeck?«

»Nein. Ich pflege nicht vor Zeugen zu meditieren.«

»Schade. – Mr. Spock, Sie sind Wissenschaftler und Vulkanier. Gibt es bei Ihnen eine normale Kur für die Leiden Ihres Vaters?«

»Da es wieder akut geworden ist, weil Sarek an dieser diplomatischen Mission teilnimmt«, sagte Spock, »wäre die einzig logische Lösung eine cyrogenische Herz-Operation.«

»Zweifellos«, sagte Sarek.

»Aber dazu brauchen wir eine Unmenge Blut!« sagte McCoy. »Christine, sehen Sie doch einmal nach, wieviel Vulkanier-Blut und -Plasma wir haben. Ich fürchte, nicht annähernd genug, um eine solche Operation überhaupt beginnen zu können.«

»Es sind noch andere Vulkanier an Bord.«

»Sie werden feststellen«, sagte Sarek, »daß meine Blutgruppe T-negativ ist. Die ist äußerst selten. Auch meine beiden Assistenten werden sie nicht haben.«

»Ich habe natürlich ebenfalls Blutgruppe T-negativ«, sagte Spock ruhig.

»In Ihrem Blut befinden sich humanoide Beimischungen, die erst herausgefiltert werden müßten«, sagte Christine, »Sie könnten nicht genügend Blut spenden, um das auszugleichen.«

»Das spielt keine Rolle«, sagte Spock. »Es gibt ein Medikament, das die Regeneration des Bluts in Physiologien wie den unseren sehr beschleunigt und...«

»Ich weiß, was Sie sagen wollen«, unterbrach McCoy. »Aber das Medikament befindet sich noch immer im Versuchsstadium und ist bisher nur an einem Rigellianer angewandt worden. Die vulkanische Physiologie ist dieser zwar sehr ähnlich, aber nicht völlig mit ihr identisch. Und selbst bei den Rigellianern führte es zu einer sehr starken Belastung von Leber und Milz, vom Knochenmark ganz zu schweigen. – Und ich müßte es Ihnen *beiden* injizieren. Außerdem habe ich noch niemals einen Vulkanier operiert. Ich habe mich natürlich mit der Anatomie der Vulkanier gründlich vertraut gemacht – denn Sie, mein lieber Spock, könnten mir ja einmal unters Messer geraten –, aber das ist kein Ersatz für chirurgische Erfahrung. Wenn die Operation Sarek nicht tötet, dann wird es die Droge wahrscheinlich tun. – Sie könnte Sie beide töten.«

Sarek sagte: »Meiner Meinung nach ist der Sicherheitsfaktor äußerst gering, aber akzeptabel.«

»Aber für mich nicht!« sagte McCoy erregt. »Und hier habe ich zu bestimmen! Ich weigere mich, das Risiko einzugehen!«

»Und *ich* lasse die Operation nicht zu«, sagte Amanda fest. »Ich will euch beide nicht verlieren.«

»Du mußt doch verstehen, Mutter«, sagte Spock, »daß die Wahrscheinlichkeit, irgendwo eine ausreichende Menge von Blut der Gruppe T-negativ zu finden, sehr gering ist. Meiner Schätzung nach...«

»Bitte nicht«, sagte Amanda.

»Damit verurteilst du Sarek automatisch zum Tode«, sagte Spock sachlich. »Und Sie, Doktor, haben auch keine Wahl. Sie müssen operieren, denn Sie haben das Medikament und den Blutspender.«

»Es scheint wirklich die einzige Lösung zu sein«, sagte Sarek.

McCoy nickte widerwillig. Amanda blickte hilfesuchend zu Kirk; aber der wußte auch keine Hilfe. In diesem Dilemma konnte er nicht einmal sich selbst helfen.

»Mir gefällt es auch nicht, Amanda«, sagte er. »Das können Sie mir glauben. Aber wir müssen alles tun, um das Leben Ihres Mannes zu retten. Sie wissen, wie sehr ich Ihren Sohn schätze; aber wenn wir auch sein Leben aufs Spiel setzen müssen, dann muß es eben sein. Dr. McCoy ist einverstanden – und ich habe seit langem begriffen, daß ich ihm in medizinischen Fragen keine Vorschriften machen darf. Er ist tatsächlich der einzige Offizier an Bord der *Enterprise,* der *mir* Befehle geben darf. Bitte, geben auch Sie ihm das Vertrauen, das ich ihm schenke.«

»Und auch ich«, sagte Spock zu McCoys offensichtlicher Überraschung.

»Ich – ich werde es versuchen«, sagte Amanda.

»Sie haben sich selbst übertroffen«, sagte Kirk. »Falls Sie mich brauchen sollten, ich bin auf der Brücke.«

Kirk verneigte sich und ging, wobei er sich mehr Sorgen machte, als er gezeigt hatte.

Auf dem Weg zur Brücke, ganz in Gedanken versunken, wurde er von hinten angesprungen. Ein harter Schlag traf ihn am Kopf, und er wäre fast zusammengebrochen. Es gelang ihm jedoch, den Angreifer abzuschütteln und gegen die Wand zu schleudern. Er sah einen hochgewachsenen, sehr schlanken Mann, und das Blitzen eines Messers. Der Mann war ein erfahrener Kämpfer, und Kirk war von dem Schlag auf den Kopf benommen und geschwächt. Es gelang ihm schließlich trotzdem, seinen Gegner niederzuschlagen. Aber im gleichen Augenblick stach ihm der andere den Dolch in den Rücken.

Kirk konnte sich gerade noch bis zum nächsten Intercom schleppen, bevor er das Bewußtsein verlor.

Wie durch einen dicken Nebel hörte er McCoys Stimme:

»Es ist eine schlimme Wunde – die Klinge ist in den linken Lungenflügel eingedrungen. Einen Zentimeter tiefer, und sie hätte das Herz verletzt. Gott sei Dank hat er nicht versucht, das Messer aus der Wunde zu ziehen.«

»Der Angreifer war Thelev«, sagte Spocks Stimme. »Er ist immer noch bewußtlos, aber nicht ernstlich verletzt, nur zusammengeschlagen. Er muß den Captain überrascht haben, ich werde ihn jetzt vernehmen. Und Shras ebenfalls.«

»Doktor.« Das war jetzt Schwester Christines Stimme. »Der K-2-Faktor sinkt rasch.«

»Spock«, sagte McCoy. »Der Zustand Ihres Vaters ist sehr ernst geworden. Es bleibt uns jetzt keine Wahl mehr. Wir müssen ihn sofort operieren. Wir können aber erst anfangen, sobald Sie bereit…«

»Nein«, sagte Spock.

»Was?«

»Spock«, sagte jetzt Amandas Stimme. »Das Leben deines Vaters liegt jetzt allein in deiner Hand. Und du hast dich freiwillig dazu gemeldet.«

»Meine derzeitige Verantwortung liegt beim Schiff«, erwiderte Spock. »Die Sicherheit unserer Passagiere ist von vordringlichster Wichtigkeit. Wir werden von einem fremden, möglicherweise feindlichen Raumschiff verfolgt. Und der Kommandant ist ausgefallen. Unter diesen Umständen kann ich auf keinen Fall das Kommando zurücklegen.«

»Sie können das Kommando Scott übergeben«, sagte McCoy barsch.

»Und mit welcher Begründung, Doktor? – Die Dienstvorschrift verbietet alle persönlichen Privilegien. Ich werde jetzt den Andorianer verhören.«

Wieder wurde es dunkel um Kirk. Als er zum zweitenmal erwachte, fühlte er sich bedeutend besser. Er öffnete die Augen und sah Sarek im Nebenbett liegen. Er schien zu schlafen, und McCoy und Schwester Christine standen über ihn gebeugt.

Kirk versuchte sich aufzurichten. Aber die Anstrengung verursachte ihm einen Anfall von Schwindel und Übelkeit, daß er sich sofort wieder hinlegte.

McCoy hatte sich bei dem leisen Geräusch sofort ihm zugewandt. »Das sollte dir eine Lehre sein«, sagte er. »Bleib still liegen, und sei dankbar, daß du noch am Leben bist.«

»Wie geht es Sarek?« fragte er matt.

»Nicht sehr gut. Wenn ich operieren könnte...«

»Was hindert dich denn daran? Ach ja, ich erinnere mich. Aber Spock hat völlig recht. Ich kann ihm keinen Vorwurf machen, daß er seine Aufgabe so ernst nimmt. Ich werde aber auch nicht zulassen, daß er einen Vatermord begeht.«

Er richtete sich auf und schwang die Füße aus dem Bett. McCoy lief auf ihn zu, packte ihn bei der Schulter und hielt ihn fest. »Jim, du darfst nicht einmal aufstehen! Die innere Blutung könnte wieder beginnen.«

»Hör zu, Pille, Sarek stirbt, wenn er nicht operiert wird. Stimmt's?«

McCoy nickte.

»Und du kannst ihn nicht operieren, wenn er keine Bluttransfusion von Spock bekommt, oder?«

Wieder nickte McCoy.

»Ich werde Spock davon überzeugen, daß ich wieder in Ordnung bin, und ihn herschicken. Sowie er die Brücke verlassen hat, werde ich das Kommando Scotty übergeben und mich in meiner Kabine niederlegen. Einverstanden?«

»Eigentlich nicht. – Aber es scheint der bestmögliche Kompromiß zu sein. Warte, ich helfe dir beim Aufstehen.«

»Danke.«

McCoy stützte ihn auf dem ganzen Weg zur Brücke. Er ließ ihn erst los, als die Tür des Aufzugs sich öffnete und Spock sich umwandte. Er schaute überrascht und erfreut, aber tarnte diese Gefühle sofort wieder.

»Captain«, sagte er förmlich.

Kirk ging sehr langsam und vorsichtig zu seinem Kommandosessel. Er tat dabei so, als ob er die Brücke inspiziere; aber in Wirklichkeit hatte er alle Mühe, sich auf den Beinen zu halten, weil ihm immer wieder schwindelig wurde. McCoy hielt sich dicht neben ihm, ohne ihm jedoch zu helfen.

Spock trat zu Kirk, als dieser endlich seinen Sessel erreicht hatte und sich hineinsinken ließ.

Kirk lächelte ihn an. »Ich mache hier weiter, Spock. Sie gehen jetzt mit McCoy ins Bordlazarett.«

Spock blickte ihn prüfend an. Kirk bemühte sich, seine Schwäche und die immer wiederkehrenden Schwindelanfälle vor Spock zu verbergen; aber gegen die Blässe seines Gesichts konnte er nichts tun.

»Captain, ist wirklich alles in Ordnung?«

»Ich habe ihn für dienstfähig erklärt, Mr. Spock«, sagte McCoy mürrisch. »Und jetzt muß ich eine Operation durchführen, bei der auch Ihre Anwesenheit erforderlich ist. Also...« Er deutete auf die offene Tür des Lifts.

Spock zögerte und blickte noch immer Kirk an.

»Verschwinden Sie, Mr. Spock«, sagte Kirk gequält lächelnd.

Spock nickte und betrat zusammen mit McCoy den Aufzug.

»Mr. Chekov«, sagte Kirk, sobald die beiden verschwunden waren, »was ist mit dem fremden Schiff?«

»Die Lage ist immer noch unverändert, Sir. Es hält immer den gleichen Abstand.«

»Haben Sie weitere Meldungen aufgefangen, Leutnant Uhura?«

»Nein, Sir.«

Kirk nickte und lehnte sich ein wenig zurück. Aber die Entspannung löste einen erneuten Schwächeanfall aus, und er richtete sich hastig wieder auf.

»Rufen Sie Mr. Scott auf die Brücke und...«

»Captain!«, unterbrach Chekov. »Das andere Schiff nähert sich.«

»Letzter Befehl widerrufen, Leutnant Uhura. Ich bleibe hier.« Aber die Schwindelanfälle wiederholten sich immer häufiger. Er fuhr mit der Hand über die Stirn und spürte, daß er am ganzen Körper zitterte.

»Captain«, sagte Uhura. »Ich höre wieder ein Codesignal. Aber diesmal kommt es von Bord unseres Schiffs. Aus der Arrestzelle.«

»Rufen Sie die Wache an. Man soll den Gefangenen sofort durchsuchen.«

Stunden von Schwäche und Schwindel schienen vergangen zu sein, bevor das Intercom summte. Und dann sagte die Stimme Leutnant Josephs': »Wachoffizier an Captain. – Ich mußte den Gefangenen betäuben. Er hatte eine Art Miniatursender in einer seiner Antennen, Sir. Sie brach in meiner Hand. Ich wußte nicht, daß sie so empfindlich sind.«

»Das sind sie nicht. Danke, Leutnant. Neutralisieren Sie das Gerät und schicken Sie es zur Analyse an Mr. Scott. Kirk Ende.«

»Captain«, sagte Chekov, »das fremde Schiff hat Kurs und Geschwindigkeit geändert. Es hält jetzt mit Sol Acht genau auf uns zu.«

»Leutnant Uhura, sagen Sie Leutnant Josephs, er soll den Gefangenen auf die Brücke bringen. Mr. Chekov, schalten Sie die Schutzschilde ein. Alarmstufe rot. Phaser-Geschütze Feuerbereitschaft.«

»Zu Befehl, Sir.« Die Alarmsirenen heulten auf. »Schutzschilde aktiviert. Phaser-Geschütze feuerbereit.«

»Übernehmen Sie Spocks Sensoren. – Fähnrich, Sie gehen ans Ruder.«

Auf dem Bildschirm zuckte ein kleiner Lichtpunkt auf, wurde rasch größer und huschte vorbei. Bei der hohen Geschwindigkeit war kaum mehr als ein rasches Aufblitzen zu sehen. Und dann erschütterte ein harter Stoß die Brücke. Die *Enterprise* war getroffen worden.

»Schadensmeldung, Mr. Chekov!«

»Keine Schäden, Sir. Schuß abgelenkt – Ziel wandert aus – wendet – geht wieder auf Kollisionskurs.«

»Phaser-Geschütze Achtung! – Feuer!«

Chekov starrte auf die Taster. »Glatt vorbei, Sir.«

Im gleichen Augenblick erzitterte das Schiff unter einem neuen Treffer.

»Meldung über Gegnerbewaffnung.«

»Sensoren melden Standard-Phaser-Geschütze, Sir.«

»Gut.« Nur Standard-Geschütze. Der Gegner war der *Enterprise* zwar an Geschwindigkeit überlegen, aber nicht unbesiegbar.

Wieder spülte eine Welle von Schwindel über ihn hinweg. Die *Enterprise* würde den Kampf leicht überstehen. Für sich selbst konnte er das nicht so sicher behaupten.

»Captain, das Intercom ist blockiert. Alle Delegierten hängen am Draht und fragen, was los ist.«

»Sagen Sie ihnen… sagen Sie, sie sollten mal raten. *Aber sie sollen sofort die Leitungen freigeben!*«

Wieder wurde das Schiff von einem Treffer erschüttert.

»Captain. Dringende Meldung von Dr. McCoy. Er läßt Ihnen sagen, noch so eine Erschütterung, und beide Patienten würden ihm unter dem Messer sterben.«

»Sagen Sie ihm, das war höchstwahrscheinlich erst der Anfang. – Mr. Chekov, schalten Sie Feuerleitung auf Computer. Photonen-Torpedos Nr. Zwei, Vier und Sechs Feuerbereitschaft. Schalten Sie auf größtmögliche Streuung.«

»Torpedos feuerbereit, Sir.«

Kirk starrte in den Bildschirm. Der Gegner wendete langsam, zeigte jetzt die Breitseite.

»Feuer!« keuchte Kirk, und ein Hustenanfall schüttelte ihn und ein Dutzend Messerstiche fuhren durch seine Brust.

Die Torpedos zischten über den Bildschirm.

Wieder ein harter Stoß. Vor Kirks Augen verschwamm alles.

»Schutzschild Vier bricht zusammen, Sir.«

»Schalten Sie auf Hilfsenergie!«

»Sir, Mr. Scott meldet, daß Hilfsenergie vom Bordlazarett angefordert worden ist.«

»Abschalten!«

»Habe auf Abschirmung geschaltet, Sir. Schilde wieder intakt. Aber Nr. Vier immer noch schwach, Sir. Noch ein Treffer dort, und er bricht völlig zusammen.«

»Schalten Sie Nummer Drei ganz ab, und geben Sie Hilfsenergie an Bordlazarett zurück.«

»Zu Befehl, Sir.«

Kirk hörte hinter sich das zischende Geräusch der sich öffnenden Aufzugtüren und wandte sich um. Leutnant Josephs und ein Posten brachten Thelev auf die Brücke. Kirk brauchte einen Moment, bis er sich daran erinnerte, daß er diese Unterbrechung befohlen hatte. Er starrte den Gefangenen grimmig an.

»Ihre Freunde schießen recht gut«, sagte er. »Aber wenn sie gewinnen wollen, müssen Sie dieses Schiff völlig zerstören.«

»Das war von Anfang an unsere Absicht«, sagte Thelev zynisch. Er war, wie Kirk mit gewisser Befriedigung feststellte, von seinem Mordversuch verbeult, ein Eindruck, der durch die fehlende Antenne noch bestärkt wurde. Die kleine Wunde dort war verheilt, aber sie sah eher nach einem tiefen Schnitt aus als nach dem Verlust eines wichtigen Organs.

»Sie sind kein Andorianer. Warum diese Verkleidung?«

Wieder ein Treffer, der die *Enterprise* durchschüttelte.

»Schild Vier zusammengebrochen«, meldete Chekov.

»Schaden beheben.« Kirk wandte sich wieder an Thelev. »Das Schiff dort hat Phaser-Geschütze. Es ist zwar schneller als wir, aber wir sind stärker bewaffnet.«

Thelev lachte spöttisch. »Haben Sie schon einmal getroffen, Captain?«

Wieder ein Schlag, diesmal so stark, daß Kirk fast aus seinem Sessel geschleudert wurde.

»Schild Drei bricht zusammen, Sir«, meldete Chekov nervös. »Soll ich wieder Hilfsenergie zuschalten?«

So konnte es nicht weitergehen. Eine solche Abnutzungsschlacht mußte die *Enterprise* verlieren. Außerdem mußte er an die Operation denken.

»Maschinenraum. Hier spricht Captain Kirk. Schalten Sie die Energie auf der gesamten Backbordseite des Schiffes ab! Mit Ausnahme der Phaser-Geschütze. Auf meinen Befehl schalten Sie auch die Steuerbordseite ab! Ende!« Er wandte sich wieder an Thelev. »Wer sind Sie?«

»Das müssen Sie schon selbst herausfinden, Captain. Aber beeilen Sie sich. Sie haben nicht mehr viel Zeit.«

»Sie sind ein Spion. Chirurgisch modifiziert, um als Andorianer durchzukommen. Sie wurden in die Begleitung des Botschafters eingeschleust, um diesen Angriff durch Mord und Terror vorzubereiten.«

»Reine Spekulation, Captain. Beweise dürften Ihnen schwerfallen.«

Wieder wurde das Schiff von einem Treffer erschüttert.

»Schild Zwei zusammengebrochen«, meldete Chekov.

»Maschinenraum, Energie auf Steuerbordseite abschalten. Sie bleibt abgeschaltet, bis ich neue Befehle gebe.«

Das Brückenlicht erlosch. Nur die Instrumentenbeleuchtung der Kommandogeräte und die Bildschirmröhren der Taster und Sensoren verbreiteten ein wenig Helligkeit.

Plötzlich wirkte Thelev etwas beunruhigt. »Was haben Sie vor?« fragte er.

»Das müssen *Sie* jetzt selbst herausfinden.«

»Schiff beginnt zu treiben, läuft aus dem Ruder. Soll ich trotzdem versuchen, Kurs zu halten, Sir?«

»Nein! Phaser-Geschütze Feuerbereitschaft!«

»Jawohl, Sir. Feuerbereit.«

Ein pulsierender Lichtpunkt erschien auf dem Bildschirm. Er wurde langsamer, blieb dann stehen. Kirk starrte angespannt auf den Bildschirm.

»Gegner treibt, Sir.«

»Ich weiß. Er beobachtet uns«, sagte Kirk. »Er hält uns für erledigt. Kein Kommandant würde sein Schiff so leichtsinnig einer Gefahr aussetzen, vor allem, wenn sich über hundert führende Diplomaten und Beamte an Bord befinden. – Jedenfalls hoffe ich, daß sie das glauben.«

»Schiff hat Triebwerke wieder eingeschaltet. Hält auf uns zu.«

»Noch nicht feuern.«

»Schiff hält Kurs. Entfernung hunderttausend Kilometer. Phaser-Geschütze ins Ziel gerichtet.«

»Alle Geschütze Feuer!«

Ein heller Punkt huschte über den Bildschirm. Und dann schrie Chekov triumphierend: »Volltreffer!«

»Leutnant Uhura, rufen Sie das Schiff an. Falls die Leute sich ergeben wollen...«

Ein greller Blitz zuckte über den Bildschirm. Kirk und die anderen Männer zogen unwillkürlich den Kopf ein. Als Kirk wieder klar sehen konnte und auf den Bildschirm blickte, war das Schiff verschwunden.

»Sie konnten sich nicht ergeben«, murmelte Thelev. »Sie hatten Befehl zur Selbstvernichtung.«

»Leutnant Uhura, setzen Sie sich mit dem Sternenflotten-Kommando in Verbindung. Melden Sie, daß wir einen Gefangenen an Bord haben.«

»Nicht mehr lange, Captain«, sagte Thelev ruhig. »Sehen Sie, auch ich habe den Befehl zur Selbstvernichtung. Man hat mir ein sehr langsam wirkendes Gift injiziert. Es ist völlig schmerzlos; aber es gibt kein Gegenmittel. Ich habe von jetzt an noch genau zehn Minuten zu leben.«

Kirk wandte sich an Josephs. »Bringen Sie ihn ins Lazarett.«

Josephs und der Posten traten auf Thelev zu und führten ihn zum Lift. Doch kurz bevor sie die Tür erreichten, taumelte er und brach in die Knie.

»Ich habe... habe mich anscheinend... ein wenig... verrechnet...«

Er fiel vornüber aufs Gesicht.

Kirk erhob sich müde. »Genau wie die anderen«, sagte er. »Bringen Sie ihn in den Kühlraum für die Autopsie. Gefechtsbereitschaft aufgehoben, Mr. Chekov. Übernehmen Sie das Brückenkommando.«

Er ging in den Operationsraum. Er war leer. Kirk blickte auf den Operationstisch, die blinkenden Instrumente. Als er wieder gehen wollte, trat McCoy herein. Er wirkte so müde und abgespannt, wie Kirk sich fühlte.

»Pille?«

»Hast du das Schiff jetzt genug durchgeschüttelt?« fragte McCoy erbost.

»Wie geht es Spock und Sarek?«

»Du machst es einem Arzt schon verdammt schwer, eine äußerst schwierige Operation durchzuführen, die selbst unter normalen Bedingungen...«

»Pille!«

Die Tür des Lazarettzimmers wurde geöffnet, und Amanda trat zu ihnen. »Kommen Sie herein, Captain«, sagte sie.

Kirk trat an ihr vorbei in das Zimmer.

Sarek und Spock lagen in zwei nebeneinanderstehenden Betten. Beide waren blaß und erschöpft, aber wohlauf. Amanda setzte sich glücklich zu Sarek auf den Bettrand.

»Vulkanier haben eine Konstitution wie Ochsen«, sagte McCoy. »Sonst hätte ich sie unter diesen Umständen auch nicht durchbringen können.«

»Manche Ärzte haben eben immer Glück.«

»Captain«, sagte Spock. »Das fremde Raumschiff...«

»Wir haben es beschädigt, und die Besatzung hat es selbst vernichtet, um der Gefangenschaft zu entgehen«, sagte Kirk. »Übrigens, Pille, die Leiche Thelevs ist im Kühlraum. Ich möchte, daß du eine Autopsie durchführst, sobald du dich wieder etwas erholt hast.«

»Sie werden feststellen, daß es sich um einen sogenannten Orioner handelt, denke ich.« Spock richtete sich ein wenig auf. »Wir haben Berichte über Orion-Schmuggler, die die Bodenschätze des Cordian-Systems geplündert haben.«

»Aber was hätten sie durch einen Angriff auf uns gewinnen können?« fragte Kirk.

»Gegenseitige Verdächtigungen«, sagte Sarek. »Vielleicht sogar einen interplanetarischen Krieg.«

Kirk nickte. »Wobei Orion natürlich hätte neutral bleiben und beide Seiten mit Dilithium versorgen können – das es weiterhin von den Cordian-Planeten geraubt hätte.«

»Es war der enorme Energie-Aufwand des anderen Schiffs, der mich stutzig gemacht hat«, erklärte Spock. »Aber erst, als ich mich unter Anästhesie befand und das Bewußtsein verlor. Die Energieleistung des Schiffes ließ es stärker als ein Sternenschiff erscheinen – stärker als alle uns bekannten Schiffstypen. Weil dieses Schiff für eine Selbstmord-Mission konstruiert worden war. Es war von Anfang an nicht geplant, es wieder zu seiner Basis zurückzubringen. Sie konnten also ihre gesamte Energie für den Angriff verwenden und brauchten keine Reserven zurückzuhalten. Ich begreife nicht, warum ich das nicht von Anfang an erkannt habe.«

Kirk blickte Sarek an. »Sie konnten mit ihren Gedanken anderswo gewesen sein.«

»Das kann ich mir kaum vorstellen.«

»Nein«, sagte Kirk trocken. »Aber trotzdem vielen Dank.«

»Willst du dich nicht auch bedanken, Sarek? Bei deinem Sohn?« Amanda streichelte seine Hand.

»Wofür denn?«

»Daß er dir das Leben gerettet hat.«

»Spock hat nur das einzig Logische getan«, sagte Sarek kühl. »Man bedankt sich nicht für Logik, Amanda. Logik ist die selbstverständlichste Sache des Universums.«

Amanda versteifte sich und explodierte. »Logik! Logik!« schrie sie erregt. »Ich habe es satt, immer nur von eurer Logik zu hören! Willst du wissen, was ich von eurer verdammten Logik halte?«

Die beiden Vulkanier starrten die wütende Frau an, als ob sie das Exemplar einer neuen und überaus interessanten Spezies wäre. Spock warf seinem Vater einen raschen Blick zu und sagte: »Sie ist ziemlich emotional, findest du nicht auch?«

»Sie ist schon immer so gewesen.«

»Wirklich? Warum hast du sie dann geheiratet?«

»Damals«, sagte Sarek ernst, »schien es das einzig Logische zu sein.«

Amanda starrte die beiden Männer entgeistert an. Kirk mußte unwillkürlich grinsen, und auch McCoy grinste. Amanda, die sich zu ihnen umwandte, um bei ihnen Verständnis zu suchen, begriff überhaupt nichts mehr. Doch dann, plötzlich, erkannte sie, daß man sie auf den Arm nehmen wollte. Und da lächelte auch sie.

Genauso plötzlich packte Kirk wieder ein leichter Schwindelanfall, und er hielt sich an der Tischkante fest. Im gleichen Augenblick war McCoy bei ihm und führte ihn zu dem dritten Bett des Zimmers.

»Was soll das, Pille! Ich bin doch völlig in Ordnung!«

»Wenn du dem guten Onkel Doktor weiterhin widersprichst, stecke ich dich für zehn Tage ins Bett. Aber wenn du folgsam bist, darfst du übermorgen wieder aufstehen.«

Kirk gab nach. Aber jetzt richtete Spock sich auf. »Ich muß jetzt wieder auf meinen Posten.«

McCoy drückte ihn in die Kissen zurück. »Ihr Posten ist hier in diesem Bett, Spock.«

Der Erste Offizier zuckte die Achseln. McCoy blickte seine drei Patienten mit sehr ernstem Gesicht an.

»Ich habe den Verdacht«, sagte Kirk, »daß du diese Situation genießt, Pille.«

»Sehr richtig, Captain«, sagte Spock. »Ich habe ihn noch nie so glücklich gesehen.«

»Ruhe«, befahl McCoy. Es war eine ganze Weile völlig still. McCoy schüttelte ungläubig den Kopf.

»Was sagen Sie dazu?« wandte er sich erstaunt an Amanda. »Ich behalte tatsächlich einmal das letzte Wort.«

DIE MENAGERIE

Als Captain Christopher Pike das Notsignal von Talos IV erhielt, wußte er nicht recht, wie er darauf reagieren sollte. Der Funkspruch kam angeblich von Überlebenden der SS *Columbia*, und Spocks Datenbank enthielt auch eine Aufzeichnung, nach der ein Vermessungsschiff dieses Namens tatsächlich in diesem Gebiet verschollen war – vor achtzehn Jahren. Die inzwischen längst veraltete Funkwelle, die sich nur mit Lichtgeschwindigkeit ausbreitete, hatte diese Zeit benötigt, um die *Enterprise*, die sich jetzt in einer Distanz von etwas über achtzehn Lichtjahren vom Talos-System entfernt durch den Raum bewegte, zu erreichen.

Außerdem hatte Pike die Sicherheit seiner Mannschaft zu bedenken. Obschon die *Enterprise* das Gefecht auf Rigel VIII – ihre Feuertaufe – ohne jede Beschädigung überstanden hatte, waren die Bodenkämpfe doch für die Männer eine große Strapaze gewesen. Spock, zum Beispiel, hinkte stark, obwohl er die Zähne zusammenbiß, und Navigator Jose Tylers linker Arm war bis zum Handgelenk bandagiert. Pike selbst war nicht verwundet worden, fühlte sich aber todmüde.

Trotzdem, die Datenbank informierte sie auch darüber, daß Talos IV ein bewohnbarer Planet war. Also konnten die Überlebenden der *Columbia*-Besatzung noch am Leben sein. Und da die *Enterprise* ohnehin fast innerhalb Sichtweite der optischen Geräte den Standort des Schiffs passieren würde, konnte es nicht schaden, die Lage zu überprüfen. Allerdings waren die Chancen, jetzt, nach so langer Zeit, noch jemanden am Leben zu finden, äußerst gering.

Fast gleichzeitig fing Tyler Reflexionen von der Planetenoberfläche auf, deren Polarisation und Muster auf das Vorhandensein großer, runder Metallstücke hindeuteten, die sehr gut Teile des havarierten Raumschiffs sein konnten.

Pike befahl, die *Enterprise* in eine Umlaufbahn zu lenken.

»Ich brauche eine Landegruppe von sechs Mann, mich selbst eingeschlossen. Mr. Tyler, Sie fungieren als mein Stellvertreter. Außerdem möchte ich Mr. Spock dabeihaben. Lassen Sie beide Ihre Wunden vorher neu verbinden. Außer Ihnen kommen auch Chefingenieur Garrison, unser Geologe, und Dr. Boyce mit. Wer hat mit Ihnen Wache?«

»Bootsmann Nummer Eins, Colt, Sir.«

Pike zögerte. Es störte ihn nicht, daß während seiner Abwesenheit zwei Frauen das Kommando über die *Enterprise* führen würden. Weibliche Kompetenz und Leistungsfähigkeit an Bord eines Sternenschiffs waren schon lange vor seiner Geburt geprüft und bewiesen worden. Und Captain Pike setzte uneingeschränktes Vertrauen in Nummer Eins, normalerweise Rudergänger des Schiffs, und, nach der Rigel-Affäre, der erfahrenste der überlebenden Offiziere an Bord. Sie war schlank und dunkelhäutig und gehörte zu der Art Frauen, die immer so aussehen, als ob sie in einem unbestimmbaren Alter zwischen zwanzig und fünfzig wären; und sie hatte einen messerscharfen Verstand; Pike hatte noch nie erlebt, daß sie in einer noch so kritischen Situation den Kopf verloren hätte. Bootsmann Colt allerdings war erst kürzlich an Bord kommandiert worden und deshalb ein unbekannter Faktor. Aber das Unternehmen würde ja nicht lange dauern und war nur Routine. Es gab also keinerlei Risiko.

»Also gut. Wir werden uns zu der Stelle beamen lassen, an der Tyler die Reflexionen festgestellt hat.«

Die Stelle war auf einem mit Steinen übersäten Hochplateau gelegen, nicht weit von einer Anzahl primitiver Notunterkünfte – Hütten aus lose aufeinandergeschichteten Steinen, Teilen eines Raumschiffrumpfs, Segeltuchfetzen von Abdeckplanen und anderen Resten des zerschellten Schiffs. Pike und seine Männer sahen einige alte Männer. Sie waren alle bärtig und trugen verschmutzte, zerfetzte Kleidungsstücke. Einer von ihnen trug zwei Wassereimer, die anderen arbeiteten in einem Orangenhain. Der Einfallsreichtum und die Entschlossenheit dieser Männer, die ihnen das Überleben in dieser rauhen und unwirtlichen Welt fast zwei Jahrzehnte lang ermöglicht hatten, waren überall erkennbar.

Einer der Männer blickte zufällig zu den eben materialisierten Männern der *Enterprise* hinüber und erstarrte vor Erstaunen. Schließlich rief er mit vor Erregung heiserer Stimme: »Winter! Sieh mal!«

Ein zweiter Mann blickte auf und reagierte fast genauso wie der erste. Dann rief er: »Es sind Menschen! – Menschen!«

Ihr erregtes Schreien lockte die anderen Überlebenden aus ihren

Hütten und Schuppen. Der jüngste von ihnen war um die fünfzig; aber sie wirkten alle sonnengebräunt und hart und waren bei bester Gesundheit. Langsam, fast feierlich, schritten die beiden Gruppen aufeinander zu. Pike konnte die emotionelle Intensität fast körperlich spüren. Er trat vor und streckte die Hand aus.

»Captain Christopher Pike, vom Raumschiff *Enterprise.*«

Einer der Männer umklammerte Pikes Hand, zu ergriffen, um sprechen zu können. Tränen liefen ihm über die Wangen. Schließlich sagte er, mit sichtlicher Rührung: »Dr. Theodore Haskins vom Amerika-Institut.«

»Es sind tatsächlich *Menschen!*« schrie der Mann, der Winter genannt worden war, begeistert. »Und sie sind gekommen, um uns heimzuholen! – Wie geht's denn der guten, alten Erde?«

»Sie ist immer noch die alte«, sagte Pike lächelnd. »Sie werden sich bald selbst davon überzeugen können.«

»Ihr werdet nicht glauben, wie schnell das heute geht«, setzte Tyler hinzu. »Die Zeitbarriere ist durchbrochen worden! Unsere neuen Raumschiffe können...«

Er brach ab und starrte über Haskins Schulter. Die anderen folgten seinem Blick. Pike sah ein außergewöhnlich hübsches Mädchen von etwa zwanzig Jahren in der Tür einer der Hütten stehen. Ihr Haar war ungekämmt, ihr Kleid nur ein zerrissener Fetzen; aber trotzdem sah sie eher wie eine Nymphe aus, und nicht wie die Überlebende einer Katastrophe.

»Das ist Vina«, sagte Haskins. »Ihre Eltern sind damals umgekommen. Sie ist kurz vor dem Unglück geboren worden.«

Pike konnte den Blick nicht von dem Mädchen wenden. Vielleicht war es nur der Kontrast zwischen ihrer jugendlichen Schönheit und den gealterten Männern; doch ihre animalische Grazie war wirklich auffallend. Kein Wunder, daß Tyler mitten im Satz steckengeblieben war.

»Wir brauchen uns hier nicht lange aufzuhalten«, sagte Pike. »Suchen Sie Ihre persönlichen Dinge zusammen, die Sie mitnehmen wollen, und dann können wir aufbrechen. Ich schlage vor, daß Sie nur Aufzeichnungen und schriftliche Unterlagen mitnehmen. Die *Enterprise* ist mehr als ausreichend mit allem Notwendigen versorgt. Und darüber hinaus mit einigen Dingen, die nicht absolut notwendig sind.«

»Unglaublich«, sagte Haskins. »Sie muß ein besonders großes

Schiff sein.«

»Unser größter und modernster Typ«, sagte Pike. »Die Besatzung besteht aus vierhundertdreißig Männern und Frauen.«

Haskins schüttelte ungläubig den Kopf und ging eilig fort. Auch die anderen Männer liefen zu ihren Hütten. Vina trat auf Pike zu und zog ihn ein wenig zur Seite.

»Captain, ich muß mit Ihnen sprechen.«

»Natürlich, Vina.«

»Bevor wir aufbrechen, möchte ich Ihnen noch etwas zeigen, das Sie unbedingt sehen sollten.«

»Gut. Was ist es?«

»Das kann man viel leichter zeigen als erklären. Kommen Sie bitte mit mir.«

Sie führte ihn zu einem steinigen Hügel, der etwa hundert Meter von den Hütten entfernt lag, und deutete den Abhang hinab.

»Da ist es.«

Pike wußte nicht, was er zu sehen erwartet hatte – irgend etwas, ein Grab vielleicht, einen fremdartigen Kunstgegenstand –, aber er sah überhaupt nichts von Interesse und sagte es Vina. Das Mädchen wirkte enttäuscht.

»Vielleicht ist der Einfallswinkel des Lichts nicht richtig«, sagte sie. »Kommen Sie bitte weiter hier herüber, Captain.«

Sie wechselten die Plätze. Aber auch das führte zu nichts. Er blickte sie erstaunt an.

»Ich verstehe nicht, was es hier zu sehen geben soll«, sagte er verwundert.

»Das werden Sie gleich merken«, sagte sie plötzlich mit völlig veränderter Stimme. »Sie sind die perfekte Wahl.«

Pike blickte sie mißtrauisch an – und plötzlich verschwand sie vor seinen Augen. Es war nicht die allmähliche Dematerialisierung des Transport-Effekts; sie war so plötzlich verschwunden, als wenn jemand einen Schalter umgelegt und sie ausgelöscht hätte. Und mit ihr verschwanden alle Überlebenden der *Columbia* und ihre Hütten. Es war nichts mehr da als das leere Plateau und die verblüfften Männer der *Enterprise*.

Pike hörte ein leises Zischen hinter sich. Er fuhr herum und riß seinen Phaser aus dem Halfter. Eine weiße Gaswolke bewegte sich auf ihn zu. Durch die Gaswolke sah er ein eigenartig geformtes Portal, das meisterhaft als Teil der Felsen getarnt war und sich geräuschlos geöffnet und einen Aufzugschacht freigelegt hatte. Pike sah sekundenlang zwei Gestalten in der Kabine des Aufzugs – kleine, bleiche, menschenähnliche Wesen mit langen Köpfen. Sie waren in metallisch schimmernde Roben gekleidet, und einer von ihnen hielt einen kleinen Zylinder in den Händen, aus dem immer noch weiteres weißes Gas quoll.

Im gleichen Augenblick hatte das Gas ihn erreicht, und er war plötzlich paralysiert, zwar noch bei Bewußtsein, aber unfähig, auch nur ein Glied zu rühren. Die beiden Gestalten traten auf ihn zu und zerrten ihn in den Lift.

»Captain!« hörte er Spock aus der Ferne rufen. Dann vernahm er das Geräusch rennender Füße, das plötzlich abbrach, als die Lifttüren sich schlossen. Und sofort fiel der Lift mit einem scharfen Zischen in die Tiefe. Pike hörte eine weit entfernte, dumpfe Explosion, und dann wurde es dunkel um ihn.

Als er erwachte, griff er automatisch nach seinem Phaser. Aber er war fort.

Er rollte sich auf den Rücken und stand mühsam auf. Seine Bewegungen waren schwerfällig und ungelenk, als ob er von einer watteartigen Substanz umgeben wäre. Er blickte um sich und griff gleichzeitig nach seinem Kommunikator. Aber auch der war verschwunden; und auch seine Jacke war fort.

Er befand sich in einem kleinen, peinlich sauberen Raum. Das watteähnliche Gefühl war von einer metallisch schimmernden Decke verursacht worden, die auf einer Art Plastikbett lag. In einer anderen Zimmerecke stand ein oktagonales Wasserbecken. Eine Gefängniszelle also, folgerte Pike. Die Gitter...

Aber es gab keine Gitter. Die vierte Wand des Raums bestand aus einem glasartigen, durchsichtigen Material. Pike trat an die Scheibe und blickte hindurch. Er sah einen langen Korridor, auf den unzählige solcher Glasfenster mündeten. Sie lagen einander aber nicht gegenüber, sondern waren versetzt, so daß Pike in keine der dahinterliegenden Zellen blicken konnte.

Er mußte irgendein Geräusch gemacht haben, denn plötzlich hörte er ein wütendes Fauchen, und in der links schräg gegenüberliegenden Zelle – oder war es ein Käfig? – sprang eine abstoßend häßliche Kreatur – halb Spinne, halb Mensch – mit entblößten Raubtierfängen gegen die Scheibe. Verblüfft blickte Pike in die rechts gegenüber liegende Zelle. Er sah einen Teil eines Baums. Dann vernahm er ledern-raschelnden Flügelschlag, und eine unglaublich hagere humanoid-vogelartige Kreatur flog in sein Blickfeld. Sie ließ sich auf dem Baum nieder und starrte neugierig zu ihm herüber. Als sie Pikes Blick bemerkte, kreischte sie erschrocken auf und verschwand.

Im gleichen Moment kamen mehrere der bleichen, kleinen Männer den Korridor entlang auf seine Zelle zu. Einer von ihnen, offensichtlich ihr Anführer, trug einen mit Edelsteinen besetzten Stab in der Hand und eine Kette um den Hals.

Vor Pikes Zellenfenster blieben sie stehen und blickten ihn lange prüfend an. Und er starrte sie ebenfalls an. Sie waren alle völlig kahlköpfig, und über ihre Stirn lief eine deutlich hervortretende Ader.

Schließlich sagte Pike: »Können Sie mich hören? – Ich bin Captain Christopher Pike, Kommandant des Raumschiffs *Enterprise,* im Dienst der Föderation der Planeten. Wir sind in einem humanitären Auftrag auf diesem Planeten gelandet. Können Sie mich verstehen?«

Die hervortretende Ader auf der Stirn des einen Wesens pulsierte heftig, und obwohl Pike keinerlei Lippenbewegung wahrnehmen konnte, hörte er eine Stimme.

»Es hat den Anschein, Magistrat«, sagte die Stimme, »daß die Intelligenz dieses Spezimens erstaunlich niedrig ist.«

Jetzt begann die Stirnader des Anführers zu pulsieren. »Das setzt mich nicht in Erstaunen, da es so verblüffend leicht war, das Raumschiff mit dem simulierten Notruf herzulocken. Wie Sie in den Gedanken dieser Kreatur lesen können, beginnt sie erst jetzt, in diesem Augenblick, einen gewissen Verdacht zu formulieren, daß die sogenannten Überlebenden und ihre Siedlung nichts als Illusion waren, die wir ihnen in die Gehirne projiziert hatten. Und Sie sehen ja auch, wie verstört diese Kreatur ist, daß sie unsere Gedankenimpulse mithören kann.«

»Ich verstehe, Sie besitzen gewisse telepathische Fähigkeiten«, sagte Pike trotzig. »Sie können meine Gedanken lesen, und ich die Ihren. Und jetzt möchte ich Ihnen eins sagen: Wenn Sie vermeiden wollen, daß die Besatzung meines Schiffs meine Entführung als Kampfansage auffaßt und Sie dafür...«

»Beachten Sie die primitive Angst-Drohungs-Reaktion«, bemerkte der Führer ungerührt. »Das Spezimen wird gleich mit seiner Kraft prahlen, mit der starken Bewaffnung des Raumschiffs und so weiter.« Und als Pike überrascht einen Schritt zurücktrat und die Muskeln anspannte:

»Jetzt ist die Kreatur frustriert und wird sich zum Beweis seiner physischen Leistungsfähigkeit gegen die Transparenz werfen.«

Pike, der genau das vorhatte, fühlte sich so bloßgestellt und albern, daß er es unterließ. »Aus jedem Käfig kann man irgendwie ausbrechen«, sagte er wütend. »Ich werde auch hier einen Weg finden.«

»Trotz seiner Frustration scheint dieses Lebewesen anpassungsfähiger zu sein als die Kreaturen, die wir von anderen Planeten mitgebracht haben«, fuhr der Magistrat fort. »Ich denke, wir können sehr bald mit unseren Experimenten beginnen.«

Pike fragte sich, was sie damit meinen mochten, aber er wußte jetzt, daß sie auf seine Worte überhaupt nicht reagierten. Er begann wütend auf und ab zu gehen.

Hinter ihm sagte eine der telepathischen »Stimmen«: »Tausende von uns testen gerade das Gehirn dieser Kreatur, Magistrat. Sie scheint ein ausgezeichnetes Erinnerungsvermögen zu haben.«

»Eine der stärksten Erinnerungen ist die an einen erst kurze Zeit zurückliegenden Kampf zum Schutz seines Stammessystems. Wir werden unsere Experimente damit beginnen, und dem Spezimen etwas Interessanteres zu beschützen geben.«

Die Zelle verschwand.

Pike stand allein zwischen Felsen und einer fremdartigen Vegetation, die ihm bei näherem Hinsehen aber irgendwie bekannt vorkam. Und dann rief eine unverwechselbare Stimme hinter ihm: »Kommen Sie, schnell!«

Er fuhr herum und sah Vina. Ihr Haar war lang und zu Zöpfen geflochten, und sie trug die Kleidung eines Bauernmädchens des Mittelalters der Erde. Hinter ihr ragte eine befestigte Burg empor, die aus der gleichen Epoche hätte stammen können.

Das Mädchen deutete mit der Hand hinauf und sagte: »Sie ist verlassen. Wir könnten dort Waffen finden, vielleicht sogar Nahrung.«

»Dies ist Rigel VIII«, sagte Pike langsam. »Ich habe in der Burg vor zwei Wochen gekämpft. Aber was machen Sie hier?«

Pike hörte hinter sich, in weiter Ferne, ein heiseres Bellen, und in dem Moment rannte Vina auf die Burg zu.

Pike schloß die Augen und versuchte sich zu erinnern:

»Eben war ich in einer Art Zelle; in einem Käfig, einer Art Zoo richtiger gesagt. Und ich bin immer noch dort. Ich glaube nur, hier zu sein und dies alles zu sehen. Sie müssen mein Gedächtnis angezapft und mich in eine Situation versetzt haben, die ich schon einmal erlebt habe. – Nur das Mädchen war damals nicht dabei.«

Wieder hörte er das heisere Bellen – viel näher dieses Mal.

Pike rannte dem Mädchen nach und holte es ein, als es durch das zerschlagene Tor in den Hof der Burg trat. Überall lagen zerbeulte Schilder, zerbrochene Lanzen, schartige Schwerter herum. Pike sah sogar ein zerstörtes Katapultgeschütz. Es waren die Überreste nach der Belagerung und Eroberung der Burg durch die Mannschaft der *Enterprise.* Erst durch diesen blutigen Kampf hatte sie die Herrschaft der Kalars über ihre Sklaven brechen können. Und der ganze Einsatz war noch erschwert worden, weil sich das Oberkommando der Sternenflotte nicht sicher war, ob man mit dieser Operation nicht die Grundregel Eins verletzte. Glücklicherweise hatten die Kalars selbst dadurch, daß sie Rigel X aus ihrer degenerierten Kolonie unterstützten, alle diesbezüglichen Zweifel beseitigt.

Und das wütende Bellen hinter ihm konnte nur von einem überlebenden Kalar stammen, der sich für die Zerstörung seiner Burg und seines feudalistischen Systems an allem rächen wollte, was ihm in den Weg kam. In panischer Angst sah sich Vina unter den Trümmern nach einer passenden Waffe um. Aber es war nichts da, was sie auch nur hätte heben können.

Jetzt erklang das heisere Bellen dicht vor dem Tor. Vina drückte sich in eine enge Nische und zog Pike mit sich. Er sträubte sich nicht. Die Erinnerung an die Gefahr war noch zu stark. Die Gestalt, die jetzt in den Hof stürzte, war ein Kalar-Krieger, und er sah aus wie ein riesiger, behaarter Neandertaler in Eisenküraß und Helm, und mit einer Eisenkeule bewaffnet. Er blieb stehen und starrte wild um sich.

»So ein Unsinn«, murmelte Pike. »Das war doch schon vor zwei Wochen, und...«

»Still«, flüsterte Vina in panischer Angst. »Sie waren schon hier. Sie wissen, was er uns antun wird.«

»Das ist doch nichts als eine alberne Illusion.«

Wieder stieß der Krieger sein bellendes Gebrüll aus. Anscheinend hatte er sie noch nicht bemerkt.

»Darauf kommt es nicht an«, flüsterte Vina erregt. »Sie werden *fühlen,* was geschieht, und nur das ist wichtig. Sie werden alles, was passieren wird, spüren. Und ich auch.«

Der Krieger trat langsam auf ihr Versteck zu. Vina stieß einen leisen Schrei aus – entweder in echter Panik, oder um Pike zum Handeln zu zwingen –, sprang aus der Nische und lief eine enge Treppe hinauf, die zum Wehrgang der Burg führte. Der Kalar sah sie natürlich sofort. Pike blieb keine andere Wahl, als ihr zu folgen.

Oben war ebenfalls ein Trümmerfeld zerschlagener, fortgeworfener Waffen. Vina hatte bereits einen Speer ergriffen. Pike nahm sich einen Schild und ein schartiges Schwert. Als er sich aufrichten wollte, stieß das Mädchen ihn zur Seite. Ein riesiger Felsblock krachte dicht neben ihm in das Mauerwerk, und scharfe Steinsplitter spritzten ihm gegen die Beine.

Der Schmerz war wirklich sehr real. Er fuhr mit der Hand über seine Stirn und stellte fest, daß er blutete. Er warf einen raschen Blick in den Burghof. Der Krieger hatte inzwischen einen zweiten Felsblock aufgehoben und hob ihn über den Kopf.

Während Pike sich rasch zurückzog, warf das Mädchen den Speer. Es konnte nicht mit der Waffe umgehen und war auch längst nicht kräftig genug. Wirkungslos fiel er weit vor dem Krieger in den Burghof. Aber das Klirren schien ihn zu noch größerer Wut anzustacheln. Er ließ den Stein wieder fallen und kam brüllend die Treppe heraufgestürzt.

Schon der erste Schlag der Keule riß Pike fast den Schild vom Arm. Seine Schwertschläge prallten wirkungslos am Eisenpanzer des Kalars ab, und die wütenden Schläge der Keule trieben ihn zurück.

Plötzlich stieß der Kalar wieder sein bellendes Gebrüll aus. Er fuhr herum und griff nach einem Pfeil, der sich tief in seinen Rücken gebohrt hatte. Vina hatte eine geladene Armbrust entdeckt und abgedrückt. Auf die kurze Entfernung konnte sie nicht vorbeischießen.

Aber der Schuß war nicht tödlich, und Vina hatte offensichtlich keine Ahnung, wie sie die Waffe wieder spannen konnte. Der Kalar taumelte auf sie zu.

Pike ließ das nutzlose Schwert fallen, schwang seinen Schild über den Kopf und schlug den Armbrustpfeil mit aller Kraft tiefer in die Wunde. Die Wucht des Schlags warf den Kalar über die Brüstung des Wehrgangs in den Hof hinunter. Er schlug unten auf und blieb dann reglos liegen.

Vina schluchzte und warf sich in Pikes Arme...

...und plötzlich befanden sie sich wieder in dem Zoo-Käfig.

Sie trug jetzt wieder ihr natürliches, kürzeres Haar, und ein einfaches Gewand aus dem metallischen Material Talosia. Pike stellt fest, daß seine im Kampf erlittenen Schrammen und Verletzungen verschwunden waren. Er brauchte einige Sekunden, bis er erkannte, was geschehen war.

Vina lächelte. »Es ist vorbei.«

»Warum sind Sie hier?« fragte er.

»Um Sie zu unterhalten.«

»Sind Sie wirklich, oder auch nur eine dieser Illusionen?«

»So wirklich, wie Sie es wünschen.«

»Das ist keine Antwort«, sagte er mürrisch.

»Vielleicht hat man mich aus Ihren Träumen geschaffen, die Sie längst vergessen haben.«

Er deutete auf ihr Gewand. »Ich habe nie von einer Frau in so einem Kleid geträumt.«

»Ich muß schließlich irgend etwas anziehen«, sagte sie achselzukkend und trat einen Schritt näher. »Oder? – Ich kann mich genauso kleiden, wie Sie es wünschen, ich kann alles sein, was Sie wollen...«

»Damit die anderen dieses ›Spezimen‹ besser untersuchen und seine Reaktionen testen können, nicht wahr?«

»Haben Sie denn niemals von etwas geträumt, sich nie nach etwas gesehnt...«

»Sagen Sie, beschränken die Leute sich nicht darauf, mich zu beobachten? *Fühlen* sie auch mit mir?«

»Jeder Ihrer Träume kann Wirklichkeit werden. Ich kann zu Ihrer Traumfrau werden.« Sie trat noch näher. »Sie können sich alles erträumen, was Sie wollen, alles tun, was Sie wollen – an jedem Ort des Universums.« Sie lächelte. »Ich könnte alles für Sie ermöglichen – und noch mehr...«

Pike blickte sie forschend an. »Hmm«, murmelte er. »Erzählen Sie mir etwas von diesen Männern. Gibt es eine Möglichkeit, zu verhindern, daß sie meine eigenen Gedanken gegen mich benützen? – Aha, Sie haben Angst, sehe ich. Also gibt es einen Weg!«

»Sie sind ein Narr!«

Er nickte. »Sie haben recht. Und da Sie höchstwahrscheinlich lediglich eine Illusion sind, sehe ich keinen besonderen Anlaß, diese Konversation fortzusetzen.«

Er trat zum Bett und legte sich hin. Er ignorierte sie völlig, konnte aber ihre Angst trotzdem deutlich spüren. Was immer ihre Aufgabe sein mochte, sie war entschlossen, sie nicht fehlschlagen zu lassen.

Nach einer Weile sagte sie: »Wenn Sie mir eine Frage stellen würden, die ich beantworten kann...«

Er setzte sich auf. »Wie weit können sie meine Gedanken kontrollieren?«

»Das ist keine... ich meine...« Sie brach ab. »Wenn ich es Ihnen verrate, würden Sie dann einen Ihrer Träume auswählen und mit mir zusammen erleben?«

Pike überlegte. Die Information schien das Risiko wert zu sein. Er nickte.

»Sie – sie können Sie nicht dazu zwingen, etwas zu tun, was Sie nicht tun wollen.«

»Sie müssen mich also mit ihren Illusionen austricksen?«

»Ja. Und sie können Sie auch bestrafen, wenn Sie sich widersetzen sollten. Sie werden das bald feststellen.«

»Sie müssen früher einmal auf der Oberfläche des Planeten gelebt haben...«

»Bitte«, unterbrach sie ihn hastig. »Wenn ich Ihnen zuviel sage...«

»Warum haben sie sich in das Erdinnere verkrochen?« insistierte er.

»Ein Krieg«, sagte sie hastig, »vor vielen Jahrtausenden. Alle, die an der Oberfläche des Planeten geblieben waren, brachten sich gegenseitig um und zerstörten ihre Welt. Es hat unendlich lange gedauert, bis der Planet sich wieder regeneriert hatte.«

»Und ich vermute, daß diejenigen, die sich in der Tiefe des Planeten verkrochen hatten, das Leben hier bald zu eng und zu beschränkt fanden und deshalb ihre parapsychologischen Kräfte entwickelten.«

Sie nickte. »Aber sie mußten feststellen, daß es eine Falle war. Wie ein Rauschgift. Wenn Träume wichtiger werden als die Realität, verzichtet man auf Reisen, auf Bauen und jede schöpferische Tätigkeit. Man vergißt sogar, die Maschinen instand zu halten, die noch von den Vorfahren stammen. Man sitzt nur noch herum und erlebt wieder und wieder die Abenteuer anderer, die in den Gedanken-Archiven aufgezeichnet sind. Oder man erforscht die Gedanken von Zoo-Spezimen, Nachkommen von Kreaturen, die vor langer Zeit aus allen Teilen der

Galaxis hierhergebracht worden sind.«

Pike begriff plötzlich. »Das bedeutet, daß sie von jeder Spezies zumindest ein Paar brauchten.«

»Ja«, sagte Vina, jetzt offensichtlich verängstigt. »Bitte, Sie haben versprochen, wenn ich Ihre Fragen beantworte...«

»Aber das war ein Abkommen mit etwas, was überhaupt nicht existiert. Sie haben selbst behauptet, daß Sie nur eine Illusion sind, stimmt's?«

»Ich bin eine Frau!« schrie sie wütend. »Ich bin genauso wirklich wie Sie, und genauso ein Mensch wie Sie! Wir sind – wie Adam und Eva. Wenn sie...«

Sie schrie plötzlich auf und fiel zuckend zu Boden.

»Bitte«, schluchzte sie. »Bitte aufhören. Ich – ich tue doch mein Bestes, um ihn... bitte, *bitte!*«

Und dann war sie plötzlich verschwunden. Pike blickte auf und sah das Wesen, das der Magistrat genannt wurde, vor der transparenten Scheibe stehen und ihn aufmerksam beobachten. Wütend wandte er sich ab und bemerkte zum erstenmal eine kreisrunde, fast unsichtbare Naht in der Wand der Zelle, dicht neben seinem Bett. Befand sich dort ein verborgener Ausstieg?

Ein leises Klirren ließ ihn wieder herumfahren. Ein Glas, das mit einer bläulichen Substanz gefüllt war, stand dicht hinter der transparenten Scheibe innerhalb seines Käfigs. Der Magistrat blickte ihn noch immer forschend an, und seine Gedanken-Stimme sagte: »Das Glas enthält einen nahrhaften Protein-Komplex.«

»Unterhält sich der Wärter wirklich mit einem seiner Tiere?« sagte Pike gereizt.

»Wenn seine Färbung nicht allzu abstoßend auf Sie wirkt, wird Ihnen die blaue Flüssigkeit in dem Glas wie jede von Ihnen gewünschte Speise erscheinen und auch so schmecken.«

»Und wenn ich es vorziehen sollte...«

»In den Hungerstreik zu treten? Sie scheinen die sehr unerfreuliche Alternative der Bestrafung zu vergessen.«

Mit dem nun schon gewohnten, übergangslosen Szenenwechsel fand sich Pike in einem blubbernden, schwefligen Morast in einer düsteren, von Rauchschwaden durchzogenen Höhle. Von allen Seiten leckten Flammen, und der fast unerträgliche Schmerz, den er fühlte, war so wirklich wie sein Entsetzen. Er schrie gellend auf.

Es dauerte nur ein paar Sekunden, dann stand er wieder taumelnd in seinem Käfig.

»Das Erlebnis habe ich einer Fabel entnommen, die Sie einmal in Ihrer Kindheit gehört haben«, sagte der Magistrat. »Und jetzt werden Sie die Nahrung zu sich nehmen.«

»Warum zwingen Sie mich nicht dazu, indem Sie ein unerträgliches Hungergefühl in meinen Verstand projizieren? Das können Sie anscheinend nicht. Ihre Psi-Kräfte haben also ihre Grenzen.«

»Wenn Sie weiterhin ungehorsam sind, werde ich die Strafprozedur wiederholen. In den Tiefen Ihrer Erinnerungen sehe ich Dinge, die noch erheblich schmerzhafter sind…«

Mit zitternden Fingern nahm Pike das Glas und leerte es. – Und fast im gleichen Augenblick warf er es zu Boden und stürzte auf die Transparenz zu. Er prallte natürlich wirkungslos dagegen und wurde zurückgeschleudert – aber der Magistrat wich ebenfalls zurück.

»Sehr interessant«, sagte Pike. »Sie sind offensichtlich erschrocken. Haben Sie nicht die Absicht vorher in meinen Gedanken erkannt?«

Der Magistrat würdigte ihn keiner Antwort. »Und jetzt zu dieser weiblichen Kreatur«, sagte er. »Sie haben richtig vermutet, daß einmal ein Raumschiff der Erde auf unserem Planeten zerschellt ist. Es gab nur eine Überlebende…«

»Bleiben wir zunächst einmal bei der ersten Angelegenheit. Ich hatte vorhin nur einen einzigen Wunsch: Ich wollte Ihren Hals zwischen meine Hände bekommen und Sie erwürgen. Ich vermute fast, daß primitive Emotionen Ihr Gehirn blockieren und Sie sie deshalb nicht erkennen können. Ist das so?«

»Wir haben die Verletzungen dieser Überlebenden behoben und fanden sie als Spezies äußerst interessant. Also war es notwendig, einen Partner für sie zu finden.«

»Also gut, wenn Sie unbedingt wollen, reden wir über das Mädchen. Sie tun alles, um sie mir attraktiv erscheinen zu lassen, um meine Beschützerinstinkte zu wecken.«

»Das ist notwendig für die Erhaltung der Spezies.«

»Eine Befruchtung ließe sich auch auf medizinischem, auf künstlichem Weg bewerkstelligen«, sagte Pike. »Nein, es scheint Ihnen überaus wichtig zu sein, daß ich sie wirklich akzeptiere, daß ich sie mag…«

»Wir wünschen natürlich, daß unsere Spezimen in ihrer neuen Umgebung glücklich sind.«

»Das ist doch wieder eine Lüge. Was gewinnen Sie dabei, wenn ich mich wirklich von ihr angezogen fühlen sollte? Soll ich sie wirklich lieben, mit ihr eine Art Ehe führen? Das wäre nur dann nötig, wenn Sie beabsichtigen, eine wirkliche Familie aufzubauen, oder sogar eine ganze menschliche...«

»Da das weibliche Spezimen nun richtig konditioniert wurde, können wir...«

»Bestraft wurde, wollen Sie sagen!« schrie Pike. »Ich bin derjenige, der nicht mitspielen will! Warum bestrafen Sie nicht mich?«

»Vorhin eine Emotion von Beschützerinstinkt, jetzt sogar eine Regung von Mitgefühl. Ausgezeichnet!« Der Magistrat wandte sich ab und ging den Korridor entlang. Frustriert trat Pike zur Wand und untersuchte den haarfeinen, runden Spalt. – Und starrte plötzlich auf einen Baum. Er stand inmitten der üppigen Vegetation einer Park- und Waldlandschaft. Am Horizont entdeckte er die Silhouette einer Stadt. Er erkannte den Ort sofort.

Unter einem Baum standen zwei schöne, gesattelte Pferde. Neben ihm deckte Vina, in irdischer Freizeitkleidung, eine Picknick-Mahlzeit auf ein ausgebreitetes Tischtuch.

Sie blickte lächelnd zu ihm auf und sagte: »Ich habe die Thermosflasche am Sattel hängen lassen.«

Pike trat zu einem der Pferde und tätschelte ihm den Hals. »Na, Tango, du alter, scheckiger Teufel.« Und dann, zu dem anderen: »Nein, Mary-Lou, ich habe keinen Zucker mehr.«

Aber als er mit einer mechanischen Bewegung auf seine Jackentasche klopfte, stellte er erstaunt fest, daß er die zwei Zuckerstücke wie üblich einstecken hatte. Er verfütterte sie den beiden Pferden. Die Talosianer schienen wirklich an alles zu denken.

Er hakte die Thermosflasche vom Sattel, setzte sich neben Vina ins Gras und blickte sie an. Sie schien nervös zu sein.

»Ist es gut, wieder zu Hause zu sein?« fragte sie ihn.

»Ich habe mich geradezu danach gesehnt«, sagte er. »Sie können wirklich unsere geheimsten Gedanken lesen.«

»Bitte!« Es war ein ängstlicher Aufschrei. Mit ihren Augen flehte sie ihn an, still zu sein.

»Ich kann das alles haben, nicht wahr? Das Zuhause, alles andere – wenn ich mitspiele. Ist es so?«

»Du solltest ein wenig Rücksicht auf meine – meine Kopfschmerzen nehmen, Liebling. Der Arzt hat dir doch gesagt, wenn du so eigenartige Gedanken aussprichst…«

Ihre Stimme erstarb. Pike fühlte sich wieder wie in einer Falle.

»Es tut mir leid, daß Sie meinetwegen bestraft worden sind, wirklich. Aber wir dürfen uns doch nicht für immer dieser Drohung beugen. Dann wären wir ihnen völlig ausgeliefert.«

Sie legte Bestecke und Teller auf. »Es ist wirklich ein herrlicher Tag heute, nicht wahr?«

»Merkwürdig«, sagte er leise. »Vor vierundzwanzig Stunden habe ich unserem Schiffsarzt noch gesagt, wie sehr ich mich nach einem Platz wie diesem hier sehne; keine Verantwortung, keine Strapazen, keine Gefahren… Und jetzt, da mein Wunsch Wirklichkeit geworden ist, verstehe ich seine Antwort. Entweder man *erlebt* das Leben mit allen seinen Strapazen und seinen Gefahren, oder man wendet sich von ihm ab und stirbt allmählich. Die Talosianer haben die zweite Möglichkeit gewählt.«

»Ich hoffe, du bist hungrig«, sagte Vina mit einem gezwungenen Lächeln. »Diese Sandwiches habe ich nach dem Hühnchen-Thunfisch-Rezept deiner Mutter zubereitet.«

Er versuchte eins. Sie hatte recht. »Der Doktor wäre zumindest teilweise zufrieden mit mir«, sagte er. »Nach seiner Meinung brauchte ich unbedingt ein wenig Ruhe.«

»Und hier ist es wirklich ruhig und erholsam, nicht wahr?«

»Ich habe hier meine ganze Kindheit verlebt«, sagte er. »Natürlich kein Vergleich mit den Parks in den großen Städten; aber mir gefällt es besser hier.« Er deutete auf die entfernte Silhouette der Stadt. »Das ist Mojave. Ich bin dort geboren.«

Vina lachte. »Glaubst du, daß du deiner Frau damit etwas Neues erzählst? Du bist zu Hause! Du kannst für immer hierbleiben, wenn du willst. Wäre es nicht herrlich, wenn du unseren Kindern einmal die Stelle zeigen könntest, wo du als Junge gespielt hast?«

»Diese – ›Kopfschmerzen‹ wären erblich. Würden Sie sie einem Kind wünschen – oder sogar mehreren Kindern?«

»Das ist doch lächerlich.«

»Wirklich? Hören Sie zu! Zuerst hat man mich dazu gezwungen, Sie zu beschützen, dann, Mitleid mit Ihnen zu haben – und jetzt projiziert man mich in eine vertraute Umgebung, ruft angenehme eheliche Gefühle wach. Sie brauchen das alles nicht, wenn sie uns nur als eine

Art Hobby betrachten. Sie wollen Respekt, Zuneigung, gegenseitige Abhängigkeit – und noch etwas…«

»Früher soll das alles eine öde Wüste gewesen sein«, sagte Vina, »nichts als fliegender Sand, Kakteen…«

»Ich kann weder mir noch Ihnen helfen, wenn Sie nicht mitmachen!« fuhr er sie an. »Sie haben mir einmal gesagt, daß die Illusionen für die Talosianer wie ein Rauschgift geworden sind. Sie haben sogar vergessen, wie man die Maschinen repariert, die ihnen ihre Vorfahren hinterlassen haben. Ist das vielleicht der Grund, warum wir ihnen so überaus wichtig sind? Sollen wir eine Kolonie von Sklaven gründen…«

»Hör auf! Hör auf! Ist es dir denn völlig egal, was sie mit *mir* tun?«

»Es gibt im ganzen Universum kein perfektes Gefängnis. Es gibt immer und überall einen Ausweg. Vorhin, in meinem Käfig, hatte ich sekundenlang den Eindruck, daß unser Oberwärter meine Gedanken nicht lesen konnte. Blockieren primitive Gefühle wie Wut die Übertragung unserer Gedanken auf sie?«

»Glaubst du etwa, ich hätte das nicht schon längst herauszufinden versucht?« sagte Vina ärgerlich.

»Es muß einfach irgendeinen Ausweg geben. Antworten Sie mir!«

Ihr Ärger löste sich in Tränen auf. »Ja, ja, sie können primitive Emotionen nicht – gedanklich lesen. Aber so etwas kann man nicht lange genug aufrechterhalten. Ich habe es selbst versucht.« Sie begann zu schluchzen. »Sie verfolgen einen – immer und überall – Jahr um Jahr – suchen nach einer schwachen Stelle – bestrafen und locken – und sie haben gewonnen. Sie beherrschen mich. Ich weiß, daß du mich dafür haßt; aber es ist so.«

Ihre Ängste, ihre Verzweiflung, ihre Einsamkeit, alles, was sie in den langen Jahren durchgemacht und ertragen hatte, machten sich in ihren Worten, in ihrem Schluchzen Luft. Pike nahm sie in die Arme. »Ich hasse Sie nicht. Ich kann mir vorstellen, was Sie durchgemacht haben.«

»Das ist nicht genug! Sie wollen, daß du den *Willen* hast, eine Familie zu gründen, sie zu beschützen und zu erhalten. Verstehst du denn nicht? Sie lesen meine Gedanken, meine Wünsche, meine Träume von einem perfekten Mann. Deshalb haben sie dich ausgewählt. *Ich muß dich lieben.* Und sie erwarten, daß du mich genauso liebst.«

Pike war erschüttert. »Wenn sie meine Gedanken lesen können, dann wissen sie jetzt auch, daß ich Sie sehr gern habe. Vom ersten Augenblick an, als wir uns im Camp der Überlebenden gegenüberstanden. Sie kamen mir vor wie ein schönes wildes Tier.«

»War das der Grund? Weil ich auf dich wie eine Barbarin wirkte?«

»Vielleicht«, sagte Pike ein wenig amüsiert.

»Ich verstehe allmählich, warum dich nichts bisher wirklich beeindruckt hat«, sagte Vina. »Du bist auch in Wirklichkeit zu Hause gewesen. Und Kämpfe, wie auf Rigel VIII, sind dir auch nichts Neues. Die wirklichen Träume eines Menschen drehen sich um Dinge, die er *nicht tun kann.*«

»Vielleicht. Ich bin kein Psychologe.«

»Ja«, sagte sie und lächelte. »Ein Raumschiff-Kommandant, der immer so beherrscht, so anständig und aufrecht sein muß – so ein Mensch sehnt sich sicher danach, all das einmal vergessen zu können...«

Die Szenerie wurde schlagartig verändert. Er befand sich in einem Saal, in dem ein fröhliches, ausgelassenes Treiben herrschte. Er saß immer noch. Aber jetzt auf einem Kissen, das neben einem runden, niedrigen, mit Fruchtschalen und Weingläsern vollgestellten Tisch auf dem Boden lag. Er war jetzt in weiche, fließende Roben gekleidet, wie ein orientalischer Potentat. Neben sich bemerkte er einen Mann, den er vage als Händler in Erinnerung hatte. Er war ähnlich, aber weniger teuer und prächtig gekleidet als er. Zu seiner anderen Seite saß ein Mann in der Uniform der Sternenflotte, den er noch nie zuvor gesehen hatte. Sie wurden von jungen Mädchen bedient, deren Haltung und Kleidung darauf hindeutete, daß sie Sklavinnen waren. In der Mitte des Saals befand sich ein Springbrunnen. Daneben war ein Podium, auf dem ein Quartett spielte.

Und jetzt erinnerte er sich auch, wo diese Illusion ihren Ursprung hatte. Es war der große Saal am Hof des Potentaten von Orion. Der Offizier beugte sich zu ihm herüber. »Sagen Sie, Pike, Sie waren doch einmal Kommandant der *Enterprise*, nicht wahr?«

»Stimmt«, antwortete der Händler.

»Dachte ich mir. Sie sind hin und wieder hier aufgetaucht – um nach dem Rechten zu sehen, sozusagen.«

»Und dann«, fügte der Händler hinzu, »haben Sie einen äußerst scharfen Bericht über die angebliche ›Ausbeutung der Eingeborenen durch die Händler Orions‹ zur Erde geschickt.«

Beide Männer lachten amüsiert. »Komisch, die Leute auf diesem

Planeten«, sagte der Offizier. »Es macht ihnen tatsächlich Spaß, von anderen ausgebeutet zu werden.«

»Und das bezieht sich nicht nur auf Geschäfte«, sagte der Händler.

Der Offizier blickte um sich. »Sehr hübsch haben Sie es hier, Mr. Pike.«

»Für den Anfang ganz nett«, sagte der Händler, und beide Männer lachten wieder. Der Offizier tätschelte einem neben ihm stehenden Sklavenmädchen den Hintern.

»Habt ihr keine grünen hier?« fragte er. »Sie sollen verdammt gefährlich sein, habe ich gehört. Sie haben rasiermesserscharfe Fingernägel und nehmen einen Mann gefangen wie ein unstillbares Hungergefühl.«

Bis jetzt hatte Pike den Offizier nur abstoßend gefunden. Aber der letzte Satz kam ihm irgendwie bekannt vor – und der Mann hatte ihn mit einem gewissen Nachdruck ausgesprochen.

Der Händler zwinkerte Pike vertraulich zu. »Hin und wieder gibt es einen Mann, dem es gelingt, sie zu zähmen.«

Die Musik wurde plötzlich lauter und verfiel in einen langsamen, harten, stampfenden Rhythmus. Die Sklavinnen schreckten zusammen und sahen sich ängstlich um, als ob sie fliehen wollten. Pike blickte zu den Musikanten hinüber und sah ein schönes nacktes Mädchen mit glänzend-grüner Haut am Rand des Springbrunnens knien. Ihre Fingernägel waren lange, halbmondförmig gebogene, rasiermesserscharfe Krallen, und ihr Haar war wie die Mähne eines wilden Tieres.

Sie starrte direkt zu ihm herüber.

Eine der Sklavinnen stand ihr im Weg. Das grüne Mädchen sprang mit einem ärgerlichen Fauchen auf sie zu. Ein Mann, den Pike noch nie zuvor gesehen hatte, lief auf die beiden Mädchen zu, eine lange Peitsche in der Hand.

»Halt!« Pike schüttelte das lähmende Gefühl, das ihn befallen hatte, ab und sprang auf.

Das Mädchen wandte sich nach ihm um, und jetzt erkannte er sie. Es war wieder Vina.

Sie trat langsam, mit schwingenden Hüften auf ihn zu. Und dann wiegte sie sich mit der geschmeidigen Grazie einer Kobra zu den einschmeichelnden Klängen der Musik.

»Wo hat er sie aufgetrieben?« hörte Pike die Stimme des Offiziers fragen. Er konnte den Blick nicht von ihr wenden.

»Er ist in einen dunklen Korridor geraten«, sagte die Stimme des Händlers, »und sah plötzlich ein flackerndes Licht voraus. Wirklich, fast wie der wahrgewordene Traum eines gelangweilten Kapitäns, nicht wahr? – Und da stand sie, eine Fackel in der Hand, deren Licht sich auf ihrer grünen Haut spiegelte.«

»Warum starrt sie Sie so eigenartig an, Pike?«

»Fast, als ob sie etwas von Ihnen wüßte.«

Tief im Innern seines Gehirns wußte Pike, daß die Talosianer ihn durch die Worte dieser beiden Männer ködern wollten. Aber er konnte den Blick nicht von der tanzenden Vina lösen.

»Dafür könnte ein Mann seine Seele verkaufen, finden Sie nicht auch?« sagte der Händler.

»Diese Frau ist wirklich ein wahrgewordener Traum«, sagte der Offizier. »Stellen Sie sich vor, Sie hätten die Chance, sich im ganzen Universum alles herauszusuchen, was Ihnen gefällt, und dies wäre nur ein kleines Beispiel davon...«

Das war zuviel! Pike sprang wütend auf. »Verschwinden Sie!«

Er ging quer durch den Raum zu einer Tür, die, wie er sich zu erinnern glaubte, nach draußen führte. Er stieß sie auf und betrat einen Korridor. Er war dunkel und wurde immer dunkler, je weiter er ging. Weit voraus sah er ein flackerndes Licht, und dann erkannte er Vina, die eine brennende Fackel in der Hand hielt.

Plötzlich war es hell, und die Fackel war verschwunden. Vina, wieder mit weißer Haut und in einem talosianischen Kleid, stand vor ihm. Sie waren wieder im Käfig.

Vina stieß einen wütenden Schrei aus. Sie lief zur Transparenzscheibe und trommelte mit beiden Fäusten dagegen.

»Nein! Nein! Warum laßt ihr mich nicht weitermachen! Ich hätte ihn bestimmt...«

»Was ist denn hier los?« fragte die Stimme einer anderen Frau. Pike und Vina fuhren herum.

Es waren zwei weitere Frauen im Käfig: Nummer Eins von der *Enterprise,* und Bootsmann Colt. Pike war schon an Überraschungen und Schocks gewöhnt, daß ihn nichts mehr aufregen konnte.

»Das könnte ich Sie beide auch fragen«, sagte er nur.

»Wir haben versucht, uns hier herunter zu beamen«, sagte Nummer Eins. »Es bestand natürlich das Risiko, daß wir mitten in solidem Felsgestein materialisieren würden. Aber wir hatten lange versucht, den Liftschacht aufzusprengen. Ohne jeden Erfolg.«

»Wir waren zu sechst«, setzte Bootsmann Colt hinzu. »Ich weiß nicht, warum es die anderen nicht geschafft haben.«

»Das ist unfair!« sagte Vina zu Pike. »Du brauchst die beiden nicht!«

»Sie sind das, was ich gerade brauche«, sagte Pike trocken. »Gebt mir eure Phaser.«

Sie reichten sie ihm, und er untersuchte sie. Das Ergebnis schien ihn nicht zu überraschen.

»Sie sind leer«, sagte er.

»Das verstehe ich nicht«, sagte Nummer Eins. »Sie waren voll aufgeladen, als wir in den Transporter traten.«

»Zweifellos. Aber Sie werden feststellen, daß auch Ihre Kommunikatoren nicht funktionieren.« Ihm kam ein plötzlicher Einfall, und er blickte rasch zu dem kreisrunden, haarfeinen Einschnitt in der Wand. Dann warf er mit einer plötzlichen, wütenden Bewegung beide Phaser gegen die Wand.

»Wozu soll das gut sein?« fragte Nummer Eins kühl.

»Nicht reden! Sagen Sie jetzt kein Wort! Ich versuche, richtig in Wut zu kommen – ich fülle mein Gehirn mit der Vorstellung, diese Kreaturen zu verprügeln, ihre riesigen, mißgebildeten Köpfe zu Brei zu zerschlagen. Ich will so primitive Haßgefühle empfinden, daß sie alles andere überdecken. Ich hasse sie... ich hasse sie... versteht ihr?«

»Wie lange kannst du deine Gedanken blockieren?« fragte Vina sachlich. »Ein paar Minuten? Vielleicht eine Stunde? Was kann dir das nützen?«

Pike konzentrierte sich und versuchte, sie nicht zu beachten. Vina wandte sich an die beiden Frauen.

»Er braucht euch nicht«, sagte sie mit einer eifersüchtigen Wut, zu der sie sich nicht zu zwingen brauchte. »Er hat sich schon für mich entschieden!«

»Wozu denn?« fragte Colt verwundert.

Vina blickte sie verächtlich an. »Um intelligente Nachkommen zu zeugen.«

»Nachkommen?« wiederholte Colt. »Sie meinen Kinder?«

»Er soll hier wohl eine Art neuer Adam spielen«, sagte Nummer Eins mit einem spöttischen Blick auf Pike. »Stimmt's?«

Aber Sie wären auch keine bessere Eva«, setzte Colt hinzu. »Da könnte man ihn gleich mit einem Computer kreuzen.«

»Darf ich mal Ihr Alter berechnen?« fragte Nummer Eins.

»Sie haben bei Beginn der Expedition als Besatzungsmitglied, also als erwachsene Frau, angeheuert. Rechnen wir achtzehn Jahre dazu...«

Sie brach ab, als Vina plötzlich herumfuhr und die Transparenzscheibe anstarrte. Der Magistrat war zurückgekommen. Die beiden Frauen der *Enterprise* musterten ihn interessiert.

»Das ist nicht fair«, protestierte Vina. »Ich habe doch alles getan, was Sie von mir verlangt haben.«

Der Magistrat beachtete sie nicht. »Da Sie das bisher einzige Spezimen abgelehnt haben, bieten wir Ihnen jetzt drei zur Auswahl«, sagte er zu Pike.

Pike warf sich wütend gegen die Scheibe. »Ich werde ausbrechen! Ich erwische Sie schon noch!« schrie er. »Ich werde noch rauskriegen, ob Sie auch rotes Blut in den Adern haben!«

»Jede der beiden neuen Spezimen«, fuhr der Magistrat ungerührt fort, »besitzt ihre Vorzüge. Die Frau, die Sie ›Nummer Eins‹ nennen, ist die intelligentere, was sich günstig auf die Nachkommen auswirken würde. Und obgleich sie sich sehr kühl und zurückhaltend gibt, ist sie in Wirklichkeit eine sehr gefühlvolle Kreatur, deren Wunschvorstellungen sich sehr oft mit Ihnen befassen.«

Nummer Eins wirkte zum erstenmal, seit Pike sie kannte, etwas verlegen, aber er führte das auf die Wut über das Eindringen in ihre privatesten Gefühle zurück.

»Ich habe nur einen Wunsch!« schrie er. »Ich möchte Sie zwischen meine Fäuste kriegen! Können Sie meine Gedanken lesen? Sehen Sie die Vorstellungen von Haß, von Töten...«

»Der andere Neuankömmling hat Sie bisher für turmhoch überlegen und unerreichbar gehalten. Aber diese Vorstellung hat sich jetzt, in diesen Minuten, geändert. Ihre Vorzüge sind Jugend und Stärke, außerdem zeigt sie eine ungewöhnlich starke weibliche Emotion, die Ihnen...«

»Sie werden meine Gefühle viel interessanter finden! Primitive Gefühle und Gedanken, die Sie nicht verstehen können, die so häßlich und gemein und abstoßend sind, daß Sie nicht einmal...«

Der Schmerz kam so plötzlich und mit einer solchen Gewalt, daß er schreiend zu Boden stürzte. Er sah sich in den Folterkammern der Inquisition, und durch den irrsinnigen Schmerz hörte er die Stimme des Magistrats: »Falsches Denken wird bestraft; richtiges Denken wird ebenso prompt belohnt. Sie werden die Wirksamkeit dieser Kombination sehr rasch feststellen.«

Die Illusion verschwand, und Pike wälzte sich mühsam auf die Knie. Der Magistrat war verschwunden, und die beiden Frauen der Besatzung standen über ihn gebeugt.

»Nein... Nicht... helfen. – Nur... allein... lassen. – Ich muß... wieder Haß. Sie können Haßgefühle nicht durchdringen...«

Stunden vergingen, und schließlich gingen die Lichter aus. Offensichtlich hatten die Talosianer die Absicht, alle drei Frauen in seinem Käfig zu lassen. Es wurde immer schwerer, die Haßgefühle aufrechtzuerhalten. Wieder und wieder schlug er mit den Fäusten gegen die Wände, in der Hoffnung, daß der Schmerz ihm helfen könnte.

Die Frauen unterhielten sich noch eine Weile flüsternd, dann schliefen sie, eine nach der anderen, vor Übermüdung ein. Vina lag auf dem Bett, die beiden anderen auf dem Boden. Pike hockte gegen die Wand gelehnt, und in seinem Gehirn war jetzt nichts außer einer tödlichen Müdigkeit und dem Willen, sie zu bekämpfen.

Plötzlich fühlte er eine Bewegung dicht neben sich. Die runde Tür in der Wand hatte sich geräuschlos geöffnet, ein Arm wurde hereingestreckt und griff nach den nutzlosen Phasern.

Pike packte den Arm und riß mit aller Kraft daran.

Der Magistrat schoß wie von einem Katapult geschleudert in den Käfig. Im gleichen Augenblick umklammerte Pike seinen Hals und drückte ihn zu.

»Tu ihm nichts!« schrie Vina entsetzt. »Sie wollen uns doch nichts Böses...«

»Ich hatte einige Kostproben ihrer ›Güte‹,« sagte Pike sarkastisch. »Vielen Dank!«

Der Talosianer war plötzlich verschwunden, und Pike hielt den Hals eines wütend zischenden Spinnenmenschen umklammert, den er in einem der schräg gegenüberliegenden Käfige gesehen hatte. Die langen Reißzähne schnappten nach seinem Gesicht. Colt schrie angstvoll auf.

Pike drückte noch fester zu. »Es ist immer noch Ihr Hals, Magistrat«, sagte er. »Und wenn Sie die Illusion nicht sofort auflösen, breche ich Ihnen das Genick!«

Die Spinnen-Kreatur verwandelte sich wieder in den Magistrat.

»So ist es besser. Versuchen Sie noch eine Illusion – versuchen Sie irgend etwas, dann drücke ich zu. – Verstanden?«

Er löste seinen Griff ein wenig und ließ den Magistrat wieder atmen. Die Ader an der Stirn pulsierte erregt. »Denken Sie an Ihr Schiff. Wenn Sie mich nicht sofort loslassen, werden wir es zerstören.«

»Er blufft nicht«, sagte Vina. »Sie können Ihrer Besatzung Illusionen vorgaukeln, daß sie Bedienungsfehler machen, daß sie irgend etwas tun, was das Schiff zerstört.«

»Ich halte ihn für zu intelligent, um grundlos zu töten«, sagte Pike. »*Ich* aber habe einen Grund, ihn umzubringen. – Nummer Eins, lösen Sie mich ab. Nehmen Sie ihn beim Hals, und bei der geringsten Bewegung…«

»Ich verstehe, Captain«, sagte Nummer Eins grimmig.

Pike stand auf, hob die beiden Phaser vom Boden auf und steckte einen davon in sein Halfter. Dann richtete er den anderen auf die Transparenzscheibe und drückte ab. Wie er erwartet hatte, löste sich der Schuß nicht. Er wandte sich wieder dem Magistrat zu und preßte die Mündung der Waffe gegen dessen Kopf.

»Ich wette«, sagte er lächelnd, »daß Sie in uns die Illusion erzeugt haben, diese Waffe sei leer. Sie wissen aber nicht genug über Ihre eigenen Maschinen und Geräte – von unseren ganz zu schweigen –, daß Sie es bestimmt nicht gewagt haben, sie zu entladen. Und eben habe ich ein Loch in die Glaswand geschossen, das Sie uns nicht erkennen lassen. – Soll ich meine Theorie an Ihrem Kopf beweisen?«

Der Magistrat schloß resigniert die Augen. Im gleichen Augenblick erschien ein riesiges, ausgezacktes Loch in der transparenten Frontscheibe des Käfigs.

»Sie können ihn jetzt loslassen, Nummer Eins«, sagte Pike. »Wenn er Dummheiten macht, werde ich auf ihn schießen. Und das weiß er auch. Und jetzt raus hier!«

An der Oberfläche ragte der Liftschacht frei und unübersehbar aus der abgesprengten Hügelkuppe. Also hatten die Talosianer ihn auch hier nur mit einer Illusion getarnt.

Nummer Eins schaltete den Kommunikator ein. Aber er funktionierte nicht. Pike sah, daß die Stirnader des Magistrats wieder heftig pulsierte und hob den Phaser.

»Ich will mich mit meinem Schiff in Verbindung setzen«, sagte er. *»Sofort.«*

»Nein«, erwiderte der Magistrat. »Sie befinden sich jetzt auf der Oberfläche unseres Planeten, auf der Sie von nun an leben sollen. Mit einer weiblichen Kreatur Ihrer Wahl werden Sie dann ein sorgfältig vorgeschriebenes und überwachtes Leben beginnen...«

»Dessen erster Schritt es sein wird, Sie über den Haufen zu schießen.«

»Ich sehe, Sie sind fest entschlossen, mich zu töten. Ich kann Sie nicht daran hindern. Aber das ändert nichts. Ein anderer von uns wird meinen Platz einnehmen. Um das Leben auf diesem Planeten wiederzuerwecken, werden unsere botanischen und zoologischen Gärten Pflanzen und Tiere...«

»Hören Sie«, sagte Pike eisig. »Ich mache Ihnen einen Vorschlag: ich tausche Sie und Ihr Leben gegen das dieser beiden Frauen.«

»Da unsere Lebenserwartung ein Mehrfaches der Ihren beträgt, haben wir genügend Zeit, eine Rasse zu entwickeln, deren Mitglieder als Handwerker und Techniker ausgebildet sein werden...«

»Verstehen Sie denn nicht, was ich Ihnen gesagt habe? Liefern Sie mir den Beweis, daß das Raumschiff in Ordnung ist, und schicken Sie die beiden Frauen an Bord zurück. Dann bin ich bereit, mit Vina hierzubleiben.«

Er fühlte einen leisen Druck an seiner Hüfte. Nummer Eins hatte den zweiten Phaser aus dem Halfter gerissen. Er knisterte, als sie ihn auf volle Energieleistung schaltete. Ein feines Summen drang aus der Waffe, wurde rasch lauter und höher. Eine Überladung baute sich auf, die in kurzer Zeit zu einer Kammer-Explosion führen mußte.

»Es ist unethisch«, sagte Nummer Eins, »eine neue Menschenrasse zu züchten, die hier als Sklaven leben soll. Sind Sie nicht auch der Meinung, Captain?«

Nach kurzem Zögern nickte Pike.

»Ist das nur ein Bluff«, fragte der Magistrat, »oder haben Sie wirklich die Absicht, sich alle zu töten? – Ja, ich sehe, daß Sie es wirklich wollen.«

»Vina, Sie haben noch Zeit, ins Innere des Planeten zu verschwinden. Aber beeilen Sie sich. Und Sie, Talosianer, können mit ihr gehen. Nur um Ihnen zu zeigen, wie primitiv Menschen sind.«

Der Magistrat rührte sich nicht, und auch Vina wich nicht von der Stelle.

»Nein«, sagte sie. »Wenn du glaubst, daß es wichtig ist, dann muß ich bleiben. Solange sie noch ein menschliches Wesen in ihrem Besitz haben, werden sie es wahrscheinlich immer wieder versuchen.«

»Wir haben eine solche Möglichkeit überhaupt nicht in Betracht gezogen«, sagte der Magistrat, und seine Stimme verriet echte Trauer. »Die Bräuche und die Geschichte Ihrer Rasse deuten zwar an, daß Sie gegenüber jeder Form von Zwang und Gefangenschaft eine abgrundtiefe Abneigung empfinden – selbst wenn es sich um durchaus angenehme und lebenswerte Formen der Gefangenschaft handelt. Aber Sie ziehen den Tod vor. Das macht Sie zu einer für unsere Zwecke zu gewalttätigen und gefährlichen Spezies.«

»Er meint damit, daß ihr ungeeignet seid«, sagte Vina. »Ihr könnt zu eurem Raumschiff zurückkehren.«

Nummer Eins schaltete den Phaser ab. Gerade noch rechtzeitig. Pike sagte: »Das wär's wohl, Vina. Keine Entschuldigungen. Ihr habt einen von uns gefangengenommen, uns bedroht und gequält...«

»Ihre Nichteignung für unsere Zwecke hat die talosianische Rasse zum Tode verurteilt«, sagte der Magistrat. »Reicht Ihnen das nicht? Kein anderes Spezimen hat Ihre Anpassungsfähigkeit gezeigt. Sie waren unsere letzte Hoffnung.«

»Unsinn«, sagte Pike überrascht. »Es muß doch irgendeine Form der Zusammenarbeit geben...«

Der Magistrat schüttelte traurig den Kopf. »Dann würde Ihre Rasse die Macht der Illusion kennenlernen – und damit würde sie sich ebenfalls selbst zerstören. Das müssen wir auf alle Fälle verhindern.«

»Captain«, sagte Nummer Eins, »wir haben jetzt Kontakt mit Transporter-Kontrolle.«

»Gut. Verschwinden wir. Du auch, Vina.«

»Ich... ich kann nicht mit euch gehen.«

Pike blickte sie verärgert an. »Nummer Eins, Bootsmann Colt, Sie kehren sofort an Bord zurück. Ich komme nach, sowie ich dieser Sache auf den Grund gegangen bin.« Und als sie zögerten, setzte er hinzu: »Das ist ein Befehl!«

Sie schimmerten und verschwanden. Dann wandte er sich Vina zu – und starrte sie entsetzt an.

Vina wechselte ihre Gestalt. Tiefe Falten und Runzeln erschienen auf ihrem Gesicht. Eine häßliche Narbe tauchte auf. Ihr Körper fiel zusammen, wurde schlaff und grauenhaft deformiert. Bei dem ganzen Verwandlungsprozeß blickte sie Pike mit traurigen Augen an. Der Prozeß hörte erst auf, als Vina eine von schweren Verletzungen verkrüppelte, uralte und abstoßend häßliche Frau geworden war.

»Das ist das wirkliche Aussehen dieser weiblichen Kreatur«, sagte der Magistrat.

Das konnte doch nicht wahr sein! Dies also war das junge Mädchen aus dem Camp der Überlebenden, das Bauernmädchen auf Rigel VIII, die irdische Ehefrau, die grünhäutige Wilde, die so verführerisch getanzt hatte...

»Dies ist die Wahrheit«, sagte Vina mit der zitternden Stimme einer alten Frau. Sie hob die Arme. »Das ist meine wahre Gestalt. Sieh mich an! Dies ist die Wahrheit! – Sie haben mich als einzige Überlebende in dem Wrack gefunden, sterbend, nur noch ein Klumpen zerfetztes Fleisch. Sie haben mich wieder zurechtgeflickt. Alle Organe sind wieder in Ordnung. – *Aber sie hatten kein Vorbild, nach dem sie mich wieder zusammensetzen konnten!* – Verstehst du jetzt, warum ich nicht mit euch kommen kann?« Sie weinte und strich sich eine graue Haarsträhne aus der Stirn, dann wandte sie sich ab und stolperte auf den Lift zu. Pike blickte ihr nach, voller Entsetzen und voller Mitleid. Dann wandte er sich dem Magistrat zu, der zu ihm sagte: »Ich mußte Sie davon überzeugen, daß sie wirklich hier bleiben will.«

Pike blickte ihn lange an, bevor er antwortete. »Sie sind also trotz allem ein anständiges Wesen. Werden Sie ihr ihre Illusion von Jugend und Schönheit zurückgeben?«

»Wir werden sogar noch mehr tun. Sehen Sie.«

Pike blickte zum Eingang des Lifts und sah eine wunderschöne Vina in die Kabine treten – *und er selbst ging neben ihr!* Die beiden Gestalten wandten sich um und winkten, bevor der Lift sie in die Tiefe von Talos IV hinabtrug.

»Sie hat ihre Illusion«, sagte der Magistrat, und Pike glaubte fast, daß er lächelte, »und Sie haben Ihre geliebte Realität. Ich hoffe, daß sie Ihnen wenigstens manchmal genauso angenehm ist.«

Spock, Nummer Eins, Jose, Bootsmann Colt und Dr. Boyce drängten sich um ihn, als er aus dem Transporterraum trat.

»Was ist mit Vina?« fragte Colt.

»Kommt sie nicht mit uns?« fragte Nummer Eins.

»Nein«, sagte Pike kurz. »Und ich muß ihre Gründe dafür anerkennen. Und jetzt Schluß mit dem Kaffeeklatsch. Das ist doch kein Kadetten-Kreuzer! Alles auf die Brücke! Navigator, haben Sie den Kurs festgelegt?«

»Jawohl, Sir.«

Sie stoben auseinander wie aufgescheuchte Hühner. Bis auf Boyce, der sagte: »Einen Moment, Captain.«

»Was ist denn? Ich fühle mich großartig.«

»Das ist es ja eben. Sie sehen hundert Prozent besser aus als vorher.«

»Ich fühle mich auch so. Haben Sie mir nicht Ruhe und Klimawechsel empfohlen? Das hatte ich zur Genüge! Ich bin sogar zu Hause gewesen. Und jetzt wollen wir weitermachen.«

Die *Enterprise* ließ Talos IV hinter sich, und der Alltag kam wieder zu seinem Recht. Die Erinnerung an alle Illusionen verblaßte rasch. Sie waren schließlich keine wirklichen Erlebnisse gewesen. Aber Pike musterte immer wieder Nummer Eins und Bootsmann Colt und fragte sich, welche der beiden er sich wohl ausgesucht haben würde – unter anderen Umständen natürlich.

Aber als er feststellte, daß sie ihn verstohlen musterten und offenbar ähnliche Überlegungen anstellten, wandte er sich rasch ab, starrte auf den Bildschirm und schaltete alle Gedanken ab.

Darin hatte er ja erst kürzlich eine gewisse Übung erlangt.

Nachwort zu »Die Menagerie« von James Blish

Als diese Episode produziert wurde, lief sie in zwei Folgen. Der Hauptplot, der so weit in der Geschichte der *Enterprise* zurückdatiert, daß die einzige vertraute Gestalt an Bord Spock ist, war umrahmt und wurde auch unterbrochen von einer sorgfältig ausgearbeiteten Rahmenhandlung. In dieser muß sich Spock wegen Meuterei vor dem Kriegsgericht verantworten und bietet die Hauptstory zur Erklärung seines unbestreitbar meuterischen Verhaltens an. Vom dramatischen Standpunkt her gesehen war dies überaus wirksam – diese Folge gewann den HUGO AWARD in dieser Kategorie –, aber als Geschichte enthielt sie so viele Wechsel der Standpunkte, als auch so viele Wechsel von der Gegenwart in die Vergangenheit, daß sie unglaublich verwirrend war. Deshalb adaptiert die vorliegende Version nur den Hauptplot und bietet nebenbei bemerkt auch das nie im Fernsehen gezeigte Ende, das diese Folge hatte, bevor ihr die Rahmenhandlung aufgepfropft wurde. Ich glaube, daß auch die Produzenten das Gefühl hatten, daß diese doppelläufige Version ein Fehler war; zumindest war »Die Menagerie« der einzige Zweiteiler in der Geschichte dieser Serie.

Wie der Leser bemerken konnte, beruht diese Geschichte auf dem ursprünglichen Pilotfilm von »Star Trek«/»Raumschiff Enterprise«, der auf dem 24. SF-Weltcon, der vom 1.–5. September 1966 in Cleveland/Ohio in Szene ging, vorgeführt wurde. Zwischen dem Verkauf der Serie und der tatsächlichen Fernsehausstrahlung wurde das gesamte Konzept der Besatzung radikal geändert. Nummer Eins wurde in der Rangleiter eine Stufe hinuntergesetzt und wurde zu Uhura, während ihre vorgebliche Emotionslosigkeit und ihr computerähnlicher Verstand auf Spock übertragen wurden; Bootsmann Colt wurde Bootsmann Rand, Boyce wurde zu McCoy, Tyler zu Sulu. Der Haupteffekt war dabei, daß die neuen Offiziere gemischtrassiger waren als zuvor. Die Idee, daß die extrem gut ausgebildete Crew jemals in einem gewöhnlichen Infanteriegefecht ihr Leben riskieren könnte, wurde fallengelassen.

Bedeutender vielleicht war, daß der Pilotfilm Pike in einer höchst explosiven Situation mit zwei seiner weiblichen Besatzungsmitglieder zurückgelassen hatte, die zu komplex gewesen wäre, um sie eine längere Serie von Episoden hindurch aufrecht erhalten zu können. Er mußte ersetzt und die ganze Geschichte in relativ weite Vergangenheit verlegt werden. So kam es zur Entstehung von Captain Kirk und der Rahmenhandlung, die ich weggelassen habe. All diese Entwicklungsstadien sind aus den Scripts ersichtlich, die die Grundlage für meine Adaption darstellten und die umfangreiche Überarbeitung in verschiedenen Handschriften aufwiesen (und in denen Pike verwirrenderweise von Zeit zu Zeit als »Captain Spring« und »Captain Winter« auftaucht).

Die einzige Alternative wäre gewesen, die ursprüngliche »Menagerie« mit der neuen Besatzung nochmals zu drehen, was nicht nur sehr teuer gewesen wäre, sondern auch in den folgenden Geschichten alle möglichen Komplikationen ergeben hätte. Mr. Roddenberry hat sich offensichtlich dazu entschlossen, es als ein Abenteuer stehen zu lassen, das irgendwann viel früher einmal geschehen ist, und es als solches mit einer Rahmenhandlung zu umgeben. Ich finde, daß es klug war und bin in dieser Adaption seinem Beispiel gefolgt.

James Blish

Anmerkung des Bearbeiters: In der ersten deutschen Fassung, die die Grundlage für diese bearbeitete Neuherausgabe darstellt, hat der Übersetzer diese Änderung in der Zusammensetzung der Mannschaft bereits selbständig durchgeführt, was einige Probleme zur Folge hatte, da die Charaktere ja anders aufgebaut waren. Nach reiflicher Überlegung habe ich mich dazu entschlossen, den deutschen Text dem Original wieder anzugleichen.

H. Urbanek

DER ENTERPRISE-ZWISCHENFALL

Captain Kirk wußte aus Erfahrung, daß ein Auftrag unter versiegelter Order fast immer etwas Unangenehmes bedeutete. Und es war noch schlimmer, wenn die Order nach dem Öffnen zu Anfang des Unternehmens selbst vor den eigenen Offizieren geheimgehalten werden mußte. Und am schlimmsten war es, wenn das Unternehmen von Anfang an völlig unvernünftig erschien.

So auch die derzeitige Situation. Die *Enterprise* befand sich in der neutralen Zone an der Grenze zum Hoheitsgebiet der Romulaner, umgeben und bewacht von drei romulanischen Kreuzern, die plötzlich aus dem Nichts aufgetaucht waren. Die Anwesenheit der *Enterprise* war eine klare Übertretung des Vertrags zwischen der Föderation und dem Romulanischen Kaiserreich. Und da die Romulaner neuerdings auch über Kriegsschiffe verfügten, die den klingonischen nachgebaut waren, war die *Enterprise* den drei Kreuzern auch waffentechnisch unterlegen.

Kirk hatte noch keine Möglichkeit gefunden, diese Selbstmord-Aktion seinen Offizieren plausibel zu machen – außer, daß er sich sehr gereizt und nervös gab, als ob sein gesundes Urteilsvermögen durch die dauernde Anspannung gestört wäre. Aber das war eine sehr schlechte Lösung des Problems, fand er. Früher oder später mußten seine Leute diese Irreführung durchschauen und folgern, daß Kirk immer dann, wenn er nervös und gereizt wirkte, unter versiegelter Order operierte.

Und als der Tag kommen sollte, an dem er *wirklich* zu müde war, um klar denken zu können, würden sie ihm so bedingungslos wie immer gehorchen – und damit die Sicherheit eines Sternenschiffs gefährden.

»Captain«, sagte Leutnant Uhura, »wir empfangen gerade eine Mitteilung der Dringlichkeitsstufe Zwei von den romulanischen Schiffen.«

»Legen Sie sie auf den Bildschirm, Leutnant. Und verschlüsseln Sie dann einen Funkspruch an das Sternenflotten-Hauptquartier, in dem

Sie unsere Lage genau schildern und alle Eintragungen im Logbuch anfügen. – Spock, Ihre Sensoren zeigen nichts mehr an. Was ist passiert?«

»Ich habe da nur eine Hypothese, Sir...«

»Signal umgeschaltet«, meldete Uhura. Der Bildschirm wurde hell und zeigte einen Offizier der Romulaner auf der Brücke seines Raumschiffs. Er hatte eine verblüffende Ähnlichkeit mit Spock.

»Sie sind von uns als Sternenschiff Enterprise identifiziert worden«, sagte er. »Unseres Wissens unter der Führung von Kommandant Captain James T. Kirk.«

Kirk nahm ein Handmikrophon auf und schaltete es ein. »Ihre Informationen sind korrekt. Hier spricht Captain Kirk.«

»Ich bin Sub-Commander Tal der Kaiserlich Romulanischen Flotte. Ihr Schiff ist von uns umstellt. Ergeben Sie sich, oder wir werden es zerstören.«

Kirk schaltete das Mikrophon ab und blickte Spock an. Er bezweifelte, daß der Romulaner eine fremde Sprache von den Lippen ablesen konnte. Aber er wollte es keinesfalls darauf ankommen lassen. »Kommen Sie her, Spock. Wie beurteilen Sie die Lage? Sie wollen doch etwas von uns. Sonst hätten sie uns doch schon längst vernichtet.«

»Zweifellos, Captain. Das wäre ihre übliche Vorgehensweise.«

»Sie wollen mein Schiff, glaube ich.«

»Natürlich. Das wäre ein großer Fang für sie. Eine logische Schlußfolgerung, Sir.«

Kirk drückte wieder den Mikrophonknopf. »Sparen Sie sich die Drohungen, Commander. Falls Sie versuchen sollten, mein Schiff zu entern, sprenge ich es in die Luft. Damit erreichen Sie nichts.«

Die anderen hatten offensichtlich keine andere Antwort erwartet. Trotzdem runzelte der Romulaner unwillig die Stirn. »Darf ich fragen, Captain, wer gerade neben Ihnen steht?«

»Mein Erster Offizier, Commander Spock. Ich bin überrascht, daß Sie ihn nicht kennen.«

»Sie haben die Absicht, mich zu beleidigen. Aber, es ist keine Schande, wenn man nicht alles weiß«, erwiderte Tal. »Ich muß zugeben, daß ich überrascht bin, einen Vulkanier in einer so hohen Position innerhalb der Flotte der Föderation zu finden. Aber...«

Er wurde durch ein leises Piepsignal unterbrochen und drückte einen Knopf. »Ja? – Bitte entschuldigen Sie, Captain.«

Das Bild löste sich in Punkte und Zeilen auf, und dann war Tal wieder da.

»Niemand soll rasch eine Entscheidung über Leben und Tod treffen müssen, Captain«, sagte er ernst. »Wir geben Ihnen eine Frist von einer von Ihren Stunden. Falls Sie sich bis dahin nicht ergeben haben sollten, werden wir Ihr Schiff zerstören. Unsere Funkgeräte bleiben auf Empfang geschaltet, falls Sie mit uns sprechen wollen.«

»Sie sind sicher darüber informiert, daß wir das Hauptquartier der Sternenflotte über unsere Lage informiert haben.«

»Natürlich«, sagte Tal. »Aber es wird drei Wochen dauern, bis man dort die Nachricht empfangen kann. Und ich bezweifle, daß man eine Kreuzerflotte aussenden wird. Die Entscheidung liegt also allein bei Ihnen, Captain. – Eine Stunde.«

Sein Bild verschwand und wurde von den Sternen ersetzt.

»Leutnant Uhura«, sagte Kirk, »bitten Sie alle leitenden Offiziere sofort in den Lageraum.«

»So ist die Lage«, sagte Kirk und blickte die versammelten Männer an. Spock, McCoy und Scott waren anwesend. Chekov und Sulu hatten zusammen mit Uhura Brückenwache. »Spock, Sie hatten eine Theorie, warum unsere Sensoren die Schiffe der Romulaner nicht aufgefaßt haben, bis sie unmittelbar neben uns auftauchten.«

»Ich glaube, daß die Romulaner eine neue Art Tarnsystem entwikkelt haben, das unsere Sensoren wirkungslos macht. Sie haben sicher bemerkt, Captain, daß die drei Schiffe da draußen den Schlachtschiffen der Klingonen nachgebaut sind. Eine so drastische Veränderung eines Schiffstyps ist eine äußerst kostspielige Angelegenheit. Und das Modell der Klingonen hat keine bedeutenden, uns bekannten Vorteile aufzuweisen – mit Ausnahme einer möglichen, neuartigen Abschirmung.«

»Wenn das der Fall sein sollte, könnten die Romulaner den Hoheitsraum der Föderation angreifen, bevor wir überhaupt erfahren, daß sie da sind, bevor ein Schiff oder ein Planet sich in Verteidigungsbereitschaft versetzen kann.«

»*Uns* haben sie jedenfalls dabei erwischt«, sagte Scott trocken.

»Sehr gut beobachtet, Mr. Scott«, sagte Kirk sarkastisch. »Haben Sie noch weitere so hilfreiche Bemerkungen auf Lager?«

Scott war nur für einen Moment sprachlos. Dann sagte er achselzuckend: »Uns bleiben nicht viele Möglichkeiten zur Auswahl...«

»Genau drei Möglichkeiten«, sagte Kirk. »Wir können kämpfen – und vernichtet werden. Wir können – zweitens – die *Enterprise* selbst zerstören, damit sie nicht in die Hände der Romulaner fällt. Und – drittens – wir können uns ergeben.«

Unter den Offizieren brach eine erregte Diskussion aus. Kirk hatte das erwartet und fuhr fort: »Wir könnten vielleicht herauskriegen, wie die neue Tarnung der Romulaner funktioniert. Die Föderation *muß* diese Information haben. – Ihre Stellungnahmen, meine Herren.«

»Unsere Chancen, irgend etwas festzustellen, sind gleich Null«, sagte Scott finster. »Und wenn die *Enterprise* von den Romulanern genommen wird, werden sie alles wissen, was es über ein Sternenschiff zu wissen gibt.«

»Spock?«

»Wenn wir nicht, auf Ihren ausdrücklichen Befehl, Captain, in die Neutrale Zone eingedrungen wären«, sagte Spock kühl, »würden Sie uns jetzt nicht um unsere Stellungnahmen zu einer Situation bitten müssen, die niemals hätte einzutreten brauchen.«

Die anderen starrten zuerst ihn an, dann Kirk. McCoy beugte sich vor. »Jim, *du* hast uns befohlen... Aber du hattest doch keinerlei Befugnis...«

»Keine Diskussion, Doktor!«

»Aber, Jim...«

»Brücke an Captain«, unterbrach ihn die Stimme Leutnant Uhuras.

»Hier Kirk.«

»Das romulanische Schiff signalisiert wieder, Sir.«

»Schalten Sie auf den Bildschirm!«

Der dreieckige Bildschirm des Lagerraums wurde hell, und die vulkanischen Gesichtszüge Tals wurden sichtbar.

»Mein Kommandant möchte mit Ihnen sprechen, Captain Kirk.«

»Bitte«, sagte Kirk, leicht überrascht. »Verbinden Sie mich mit ihm.«

»Der Kommandant wünscht Sie und Ihren Ersten Offizier an Bord seines Raumschiffs zu empfangen. Man ist hier der Ansicht, daß die Angelegenheit – der Diskussion bedarf. Der Kommandant ist ein bedeutender Vertreter des Romulanischen Sternenreichs.«

»Und weshalb sollten wir uns freiwillig in Ihre Hände begeben?«

»Zwei meiner Offiziere werden als Geiseln an Bord Ihres Schiffs gebeamt und bleiben dort als Geiseln, bis Sie wieder zurück sind.«

»Welche Garantie haben wir, daß sie auch wirklich auf die *Enterprise* gebeamt werden, sobald wir bei Ihnen an Bord sind?«

Ein spöttisches Lächeln huschte sekundenlang über Tals Gesicht. »Ich weiß, daß wir einander nicht besonders trauen, Captain. Aber *Sie* sind schließlich widerrechtlich in diesen Raumsektor eingedrungen. *Wir* hätten also allen Grund, Ihren Absichten zu mißtrauen. Trotzdem erklären wir uns mit einem gleichzeitigen Austausch von Geiseln einverstanden.«

Ausgezeichnet – und trotzdem konnte er seinen Offizieren, die ihn besorgt und abwartend ansahen, nicht erläutern, warum. Nachdem er sich den Anschein gegeben hatte, gründlich über den Vorschlag nachzudenken, sagte Kirk: »Geben Sie uns Ihre Transporter-Koordinaten und synchronisieren Sie sie mit den unseren.«

Tal nickte, und der Bildschirm verdunkelte sich.

»Ich möchte Ihnen dringend von diesem Vorhaben abraten«, sagte Scott erregt. »Die Romulaner werden bestimmt irgendeinen Trick versuchen...«

»Wir kommen nicht weiter, wenn wir hier an Bord der *Enterprise* bleiben«, sagte Kirk. »Noch etwas, Scott: Sie haben hier das Kommando, bis wir wieder zurück sind. Und falls man uns nicht zurück läßt, sind Sie dafür verantwortlich, daß die *Enterprise* auf keinen Fall von den Romulanern erobert wird. Falls die Romulaner es versuchen sollten, werden Sie kämpfen – und notfalls die *Enterprise* vernichten. Ist das klar?«

»Völlig klar, Sir.« In der Tat sah Scott so drein, als sei dies der erste Befehl seit Tagen, den er klar und eindeutig verstanden hatte. Nun, alles andere würde er sicher zu einem späteren Zeitpunkt verstehen. Falls es noch ein »Später« geben sollte.

»Nun. Benachrichtigen Sie den Transporter-Offizier.«

Kirk und Spock wurden in die Kabine des romulanischen Kommandanten geführt, nachdem man ihnen die Waffen abgenommen hatte. Mit den beiden Posten, die sie durch die Korridore des Raumschiffs zum Kommandanten führten, wären sie zwar auch ohne Waffen fertig geworden; aber damit würden sie nichts erreicht haben. Kirk stellte nur die sorglose Selbstsicherheit der beiden Männer mit Genugtuung fest, weil sie ihnen vielleicht später nützlich sein konnte.

Dann öffnete sich die Tür, und sie sahen sich dem Kommandanten des romulanischen Raumschiffs gegenüber.

Der Kommandant war eine Frau.

Aber keine gewöhnliche Frau. Das war nur natürlich. Denn keine gewöhnliche Frau konnte in einer Gesellschaft von Kriegern Stabsoffizier der Raumflotte und Regierungsvertreter werden. Doch diese Frau war nicht nur außergewöhnlich attraktiv, sondern darüber hinaus eine aristokratische und bezwingende Erscheinung – was durch ihr vulkanisches Aussehen noch verstärkt wurde.

Kirk und Spock warfen sich gegenseitig einen überraschten Blick zu, und Kirk hatte den Eindruck, daß der sonst so kühle Spock fast einen anerkennenden Pfiff ausgestoßen hätte.

»Captain Kirk«, sagte die Frau.

»Ich fühle mich geehrt, Kommandant«, sagte Kirk galant.

»Das glaube ich Ihnen nicht. Aber wir haben eine äußerst wichtige Angelegenheit zu besprechen, und ich nehme an, Ihre Höflichkeitsfloskel sollte die Eröffnung dieser Unterredung sein.« Ihre Augen wandten sich Spock zu. »Sie sind der Erste Offizier…«

»Spock.«

»Ich werde mich zunächst mit dem Captain allein unterhalten.«

Spock warf Kirk einen fragenden Blick zu. Kirk nickte. Der Erste Offizier verbeugte sich kurz vor der Frau hinter dem Schreibtisch, und Kirk betrat das Büro.

»Einverstanden«, sagte Kirk, als sich die Tür hinter ihnen geschlossen hatte, »lassen wir also die Höflichkeitsfloskeln und kommen wir zur Sache. Um es gleich vorwegzunehmen: Ich werde Ihnen mein Schiff nicht ausliefern.«

»Ein sehr lobenswerter Standpunkt für einen Kommandanten«, sagte sie kühl. »Aber Ihr Vorstoß in die Neutrale Zone stellt eine ernste Verletzung bestehender Verträge dar und kann von uns nur als Bedrohung oder Provokation aufgefaßt werden. Ich frage Sie deshalb klipp und klar: Wie lautet Ihr Auftrag?«

»Wir haben selbstverständlich keinen Auftrag in diesem Raumsektor. Wir sind lediglich durch von fehlerhaften Instrumenten verursachte Navigationsfehler in das romulanische Grenzgebiet geraten, bevor wir es merkten. Dann wurden wir von Ihren Raumschiffen umstellt und hatten keine Möglichkeit mehr, umzukehren.«

»Ein Sternenschiff – eins der größten, modernsten der Sternen flotte? Und Sie behaupten, daß ein so schwerwiegendes Versagen der Instrumente nicht bemerkt worden ist? Machen Sie sich nicht lächerlich, Captain!«

»Pannen lassen sich manchmal leider nicht verhindern. Jedes System kann einmal versagen. Wir sind seit zwei Monaten zur Generalüberholung dran. Es war bisher nur noch kein Dock für uns frei.«

»Ich verstehe. Aber wie haben Sie trotz dieser Fehlfunktionen Ihrer Instrumente noch navigieren können?«

»Die fehlerhaften Instrumente sind inzwischen repariert worden«, sagte Kirk. Er wußte, wie durchsichtig diese Lüge war; aber er mußte das Theater nun zu Ende spielen. Er mußte sich völlig an die Wand spielen lassen – auf jede nur mögliche Weise.

»Sehr tüchtig. Aber das wird Sie kaum vor einer Anklage der Spionage retten, fürchte ich.«

»Wir spionieren nicht.«

»Ihre Terminologie hat mir schon immer große Schwierigkeiten bereitet«, sagte die Frau trocken. »Vielleicht haben Sie in Ihrer Sprache ein anderes Wort dafür.«

»Schlimmstenfalls könnten Sie uns einen Aufklärungsflug anlasten. Aber ich versichere Ihnen, daß Sie völlig ungerechtfertigte Schlüsse...«

»Captain. Was würde einer Ihrer Kommandanten tun, wenn eins unserer Raumschiffe an der Grenze der Föderation angetroffen würde, ohne eine stichhaltige Begründung dafür angeben zu können?« Sie drückte auf einen Knopf, und die Tür öffnete sich. »Kommen Sie herein, Commander Spock. – Ich habe bereits den großen Rat der Föderation und auch den Praetor des Romulanischen Reiches von dem Zwischenfall unterrichtet. Aber es wird wahrscheinlich ziemlich lange dauern, bis wir eine Antwort und weitere Anweisungen erhalten. Inzwischen möchte ich für die Untersuchungsbehörden ein genaues Protokoll der Vorgänge aufnehmen. Der Captain hat bereits seine Aussage gemacht, Mr. Spock.«

»Ich verstehe«, sagte Spock.

»Ich muß Ihnen gestehen, daß ich überrascht bin, Sie zu sehen, Mr. Spock. Wir wußten nicht, daß sich Vulkanier an Bord der *Enterprise* befinden.«

»Die Sternenflotte pflegt die Romulaner wohl kaum über die Personallisten ihrer Schiffe zu informieren«, sagte Spock trocken.

»Das stimmt. Trotzdem sind uns gewisse Schiffe – und gewisse Offiziere – bekannt. Ihre Situation ist für uns sehr interessant.«

»Und womit verdient Spock dieses besondere Interesse?« fragte Kirk.

»Durch seine Abstammung, natürlich. Unsere Rasse und die der Vulkanier haben gemeinsame Vorfahren. Aber das ist etwas, das Sie wohl nie verstehen werden, Captain. Wir schätzen die Vulkanier – unsere Brüder der Vorzeit. – Spock, ich habe von der persönlichen Ehrenhaftigkeit der Vulkanier gehört. Man behauptet sogar, daß ein Vulkanier der Lüge nicht fähig ist. Stimmt das, oder ist das nur ein Mythos?«

»Es ist kein Mythos.«

»Dann sagen Sie mir jetzt aufrichtig, bei Ihrer Ehre als Vulkanier: Wie lautet Ihr Auftrag hier?«

»Ich behalte mir das Privileg, die Wahrheit zu sagen, für die Situationen vor, wo es nicht meiner Ehre schadet.«

»Es ist eines Vulkaniers unwürdig, zu einer Ausrede Zuflucht zu nehmen.«

»Es ist auch eines Romulaners unwürdig«, erwiderte Spock. »Es ist keine Lüge, wenn man die Wahrheit für sich behält.«

Das war zuviel, überlegte Kirk. Aber bei Spocks Naturell war das kaum zu verhindern gewesen. Die Frau war genauso gerissen wie intelligent.

»Dann«, sagte sie, »gibt es also eine Wahrheit, die noch nicht ausgesprochen worden ist.«

»Wir haben Ihnen alles gesagt, was zu sagen ist«, erwiderte Kirk. »Sonst gibt es nichts.«

»Doch, da ist noch Mr. Spocks ungesagte Wahrheit. Sie wissen von der Tarn-Abschirmung, die wir entwickelt haben. Sie sind absichtlich und auf Befehl des Oberkommandos der Föderation in den romulanischen Hoheitsraum eingedrungen, um zu spionieren.«

»Darüber haben wir uns doch schon unterhalten«, sagte Kirk verdrossen.

»Und darüber werden wir noch eine ganze Weile sprechen, Captain. Ich weiß, daß ich keine Mittel habe, um einen Vulkanier zum Sprechen zu bringen. Aber wir haben gewisse Methoden, die bei Menschen Ihres Planeten, Captain, überaus wirksam sind. Wir werden sie anwenden, falls es erforderlich werden sollte.«

»Dann wissen Sie bestimmt auch«, sagte Spock, »daß diese Methoden bei entsprechend trainierten Männern unwirksam sind.«

»Selbstverständlich«, sagte sie lächelnd. »Sie würden ihn töten – oder zu einem physischen und geistigen Krüppel machen. Aber man würde mich meines Postens entheben, wenn ich nicht alles täte, was die Situation erfordert. So oder so werde ich von Ihnen die Wahrheit erfahren. Verlassen Sie sich darauf!«

Kirk hatte niemals geglaubt, daß sich der steinerne Gesichtsausdruck Spocks irgendwie verändern könnte. Aber jetzt bemerkte er einen flüchtigen Zug von Unentschlossenheit, der der Romulanerin ganze Bände erzählt haben mußte. Kirk sagte hastig: »Lassen Sie sie doch reden. Wir haben nichts zu sagen.«

Spock sah ihn nicht an. »Ich kann es nicht zulassen, daß der Captain noch größeren Belastungen ausgesetzt wird«, sagte er leise. »Die Anforderungen seines Kommandos haben ihn seine ganze Kraft gekostet. Er ist schon seit Wochen physisch und nervlich am Ende.«

»Das ist eine Lüge!« protestierte Kirk.

»Wie Sie jetzt selbst sehen«, fuhr Spock fort, »ist Captain Kirk ein äußerst sensibler und emotional reagierender Mensch. Ich fürchte, er hat jede Fähigkeit zu rationalen Entscheidungen verloren.«

»Halten Sie den Mund, Spock!«

»Ich verrate schließlich keine Geheimnisse. Die Beschuldigung, daß die Sternenflotte die *Enterprise* in die Zone geschickt haben soll, um hier Spionage zu treiben, ist unakzeptabel. Allein die Tatsache, daß wir sofort von Ihren Schiffen gestellt wurden, beweist doch die Sinnlosigkeit dieser Behauptung.«

»Spock – verdammt noch mal! Was haben Sie eigentlich vor!«

»Ich sage die Wahrheit – zum Wohle der *Enterprise* und der Föderation. Ich sage hiermit aus, daß Captain Kirk dazu nicht autorisiert war und aus eigener Initiative gehandelt hat, als er das Schiff in die Neutrale Zone steuerte. Vielleicht, um damit Ruhm zu ernten. Er ist nicht mehr zurechnungsfähig.«

»Und ich sage«, preßte Kirk mühsam hervor, »Sie sind ein dreckiger Verräter!«

»Schluß damit!« sagte die Frau und drückte auf eine Taste. »Geben Sie mir Sprechverbindung mit der *Enterprise*.«

Kurz darauf ertönte Scotts Stimme: »Hier *Enterprise*. Kommandierender Offizier Scott.«

»Mr. Scott, Captain James T. Kirk wird hiermit offiziell der Spionage angeklagt. Die Aussage Ihres Ersten Offiziers Spock hat unsere Vermutung, daß Ihr Eindringen in den romulanischen Hoheitsraum kein Zufall war, vollauf bestätigt. Ihr Schiff hatte auch keinen Befehl des Großen Rates der Föderation, sondern ist allein auf Befehl Captain Kirks in diesen Raumsektor eingedrungen. Er trägt also allein die Verantwortung. Da Offiziere und Mannschaften der *Enterprise* unter Befehlszwang gehandelt haben, werden sie nicht zur Verantwortung gezogen. Ich fordere Sie als derzeitigen Kommandanten der *Enterprise* hiermit auf, dem romulanischen Flaggschiff zu unserer Flottenbasis zu folgen. Dort werden Sie und alle anderen Besatzungsmitglieder verhört und dann zur Rückkehr in das Gebiet der Föderation entlassen. Captain Kirk bleibt bis zur Verkündung des Urteils unser Gefangener.«

Ein paar Sekunden lang kam nur statisches Knistern aus dem Lautsprecher. Aber Kirk wußte genau, was Scotty in diesen Sekunden tat: Er befahl, die beiden romulanischen Geiseln festzunehmen und einzusperren. Als er sich wieder meldete, zitterte seine Stimme vor mühsam verhaltener Wut.

»Hier spricht Chefingenieur Scott. Die *Enterprise* steht unter dem alleinigen Kommando von Captain Kirk. Wir bleiben hier, bis er wieder an Bord ist. Und falls Sie vorhaben sollten, uns zu entern, werde ich die *Enterprise* in die Luft sprengen und versuchen, dabei so viele Ihrer Schiffe wie möglich mitzunehmen. Und da Sie unsere Bewaffnung genau kennen, können Sie sich ausmalen, wie teuer Sie so ein Unternehmen zu stehen kommen wird.«

»Ihr Menschen neigt dazu, große Töne von euch zu geben«, sagte die Frau kühl, aber ihre Stimme klang verärgert. Ihr Gesicht blieb starr und ausdruckslos. »Es gibt Mittel und Wege, Sie davon zu überzeugen, daß Sie sich sehr gründlich irren.«

Sie unterbrach die Verbindung mit einer entschlossenen Handbewegung.

Kirk fuhr herum und starrte Spock an. »Haben Sie das gehört, Sie spitzohriger Bastard? Sie haben das einzige Wertvolle und Anständige, das Sie jemals besessen haben, gewissenlos verraten. Haben Sie die Stimme menschlicher Anständigkeit gehört?«

»Bringt ihn in die Zelle«, sagte die Frau.

Die beiden Posten packten Kirk und schleppten ihn hinaus.

»Allein Ihre Aussage, daß Captain Kirk irrational gehandelt und allein die Verantwortung für den Zwischenfall hat, ist es zu verdanken, daß Ihre Mannschaft am Leben bleiben wird«, sagte die Frau. »Aber erwarten Sie dafür keine Dankbarkeit.«

»Ich erwarte von Menschen nicht einmal logisches Denken«, sagte Spock. »Und Sie sicher auch nicht.«

»Ein Vulkanier unter Menschen – der mit ihnen lebt und arbeitet. Ich kann mir vorstellen, daß es manchmal für Sie unerträglich sein muß.«

»Ich bin nur Halb-Vulkanier. Meine Mutter stammt von der Erde.«

»Und welcher Rasse gegenüber fühlen Sie Loyalität?« erkundigte sich die Frau mit kühlem Interesse. »Betrachten Sie sich als Terraner oder Vulkanier?«

»Vulkanier.«

»Wie lange sind Sie schon Offizier der Sternenflotte, Spock?«

»Achtzehn Jahre.«

»Sie dienen unter Captain Kirk. Mögen Sie ihn? Mögen Sie Ihre Kameraden?«

»Das ist irrelevant.«

»Vielleicht.« Sie trat einen Schritt näher und blickte ihn herausfordernd an. »Aber Sie sind dem Befehl Captain Kirks unterstellt. Selbst seinen Launen.«

»Es ist meine Pflicht als Offizier, ihm zu gehorchen«, sagte Spock ernst.

»Sie gehören aber einer höheren Rasse an. Warum sind Sie nicht Kommandant?«

Spock zögerte. »Ich habe keine Sehnsucht nach einem eigenen Kommando.«

»Das reden Sie sich wahrscheinlich nur ein. Ist es nicht eher so, daß man Ihnen – als Vulkanier – nie eine Chance dazu geboten hat?«

»Kommandoposten sind sehr rar.«

»Für einen Mann mit Ihren Erfahrungen und Fähigkeiten sollte man so eine Möglichkeit schaffen. Und sie wird auch kommen – wenn Sie endlich aufhören, die Föderation als die einzige Macht des Universums anzusehen. Sie ist es nämlich nicht.«

»Das ist mir auch schon gelegentlich aufgefallen«, sagte Spock.

»Sie sollten ein eigenes Schiff haben.«

»Hören Sie«, sagte Spock freundlich, »wir wollen doch einmal offen sein. Sie sind es, die ein Schiff haben will. Sie wollen die *Enterprise.*«

»Natürlich! Es wäre für mich ein großer Triumph, wenn ich die *Enterprise* als Prise nach Hause brächte. Es würde auch meine politische Stellung entscheidend verbessern.« Sie machte eine Pause. »Und auch Ihnen vielversprechende Möglichkeiten eröffnen.«

Das Summen des Intercom ersparte Spock eine Antwort. Die Kommandantin schaltete den Lautsprecher ab, nahm einen Hörer auf und lauschte. Nach ein paar Sekunden sagte sie: »Ich komme sofort«, und hängte auf. Spock hob seine Augenbrauen fragend an.

»Ihr Captain«, sagte sie verächtlich, »hat versucht, das sonische Disruptorfeld zu durchbrechen, mit dem seine Zelle verschlossen ist. Natürlich ist er dabei verletzt worden, und da wir die menschliche Anatomie nicht sehr gut kennen, hat mein Erster Offizier Ihren Schiffsarzt gebeten, sich um ihn zu kümmern. Der Mann sagte zuerst: ›Ich pflege keine Hausbesuche zu machen‹; aber wir konnten ihn schließlich davon überzeugen, daß es kein Trick ist, mit dem wir ihn herüberlocken wollen, und er hat sich bereits an Bord beamen lassen. Bitte, folgen Sie mir.«

Sie führte ihn einen Korridor entlang, die beiden Posten folgten ihnen.

»Ich vergaß zu sagen, daß ich Sie heute zum Abendessen erwarte. Wir haben noch sehr viel zu besprechen.«

»Wirklich?« Spock blickte sie prüfend an.

»Erlauben Sie, daß ich es anders formuliere: Würden Sie bitte heute abend mein Gast sein?«

»Ich fühle mich sehr geehrt, Madame. Werden die Wachen auch eingeladen?«

An Stelle einer Antwort schickte sie mit einem Wink die beiden Posten fort. Sie schienen darüber erstaunt, verschwanden aber sofort. Kurz darauf erreichten sie eine Gabelung: nach links zweigte ein Seitenkorridor ab, zur Rechten lag eine Tür. Sie wurde bewacht. Seitlich der Tür entdeckte Spock ein pompöses reliefartiges Emblem, dessen Inschrift er jedoch von seinem Standort aus nicht lesen konnte. Er trat darauf zu.

»Mr. Spock!«

Er blieb sofort stehen.

»Dieser Korridor darf nur von loyalen Romulanern betreten werden.«

»Ich verstehe«, sagte Spock, »und werde mich selbstverständlich Ihren Anweisungen fügen.«

»Ich hoffe und wünsche«, sagte sie, »daß diese und andere Vorschriften für Sie bald keine Gültigkeit mehr haben.«

»Es wäre unlogisch, bestehende Zustände für unveränderlich zu halten.«

Sie erreichten die Arrestzelle des Schiffs. Ein Posten salutierte und schaltete das Disruptor-Feld ab. Als sie die Zelle betreten hatten, schaltete er es wieder ein.

McCoy kümmerte sich bereits um Kirk, der zusammengesunken und mit ausdruckslosen, wie tot wirkenden Augen auf dem Bett saß, die Hände reglos zwischen den Knien.

»Sie sind der Arzt?« fragte die Kommandantin.

»McCoy«, sagte er mit einem leichten Kopfnicken.

»Wie ist der Zustand Captain Kirks?«

»Physisch stark geschwächt; psychisch deprimiert desorientiert; zeigt Anzeichen von Verfolgungswahn und Auflehnung.«

»Dann ist dieser Mann also – nach Ihren eigenen Maßstäben – nicht als normal zu bezeichnen?«

»Nein«, sagte McCoy nach einigem Zögern widerwillig. »Er ist nicht normal.«

»Mr. Spock ist der Ansicht, daß der Captain weder einen Befehl noch die Befugnis hatte, in die Neutrale Zone einzudringen. Könnte, Ihrer Beurteilung nach, diese geistige Unzurechnungsfähigkeit der Anlaß für sein eigenmächtiges Handeln gewesen sein?«

»Ja – das ist möglich.«

»Mr. Spock, der Arzt hat Ihre Aussage über den Geisteszustand Ihres Captains bestätigt. Er war und ist unfähig, das Kommando über die *Enterprise* weiterzuführen. Diese Aufgabe fällt damit Ihnen zu. Sind Sie bereit, sie zu übernehmen?«

»Ich bin dazu bereit.«

McCoy starrte Spock entgeistert an. »Spock! Das ist doch... ich kann es einfach nicht glauben!«

»Über diesen Punkt gibt es keinerlei Diskussion«, sagte Spock eisig.

»Was soll das heißen? Wenn Sie...«

»Das reicht, Doktor«, unterbrach die Kommandantin. »Es ist Ihre Pflicht als Arzt, Leben zu retten. Mr. Spocks Pflicht ist es, die *Enterprise* in einen sicheren Hafen zu führen.«

»Es gibt keine Alternative, Doktor«, sagte Spock. »Die Sicherheit der Besatzung ist das Wichtigste. Es wäre sinnlos, den Widerstand fortzusetzen.«

Kirk hob den Kopf, langsam, wie in Zeitlupe. Er wirkte jetzt nicht nur deprimiert und desorientiert; er sah aus wie ein Verrückter. Und dann, mit einer Behendigkeit, die man ihm nicht zugetraut hätte, warf er sich auf Spock.

»Verräter!« schrie er heiser. »Ich – ich bringe – dich um!«

Mit einer blitzschnellen Bewegung packte Spock Kirk bei der Schulter und im Nacken. Der tobende Captain war sofort paralysiert. Er stieß noch einen kurzen Schrei aus, dann brach er zusammen.

Spock blickte mit ausdruckslosem Gesicht auf ihn hinunter. Der Posten hatte seine Waffe gezogen. McCoy kniete sich neben den Bewußtlosen, zog ein diagnostisches Instrument aus seiner Tasche und warf einen Blick auf die Skalen. Dann zog er in aller Eile ein Injektionsspray aus der Tasche.

»Was haben Sie getan?« fragte McCoy. Er machte die Injektion und blickte auf. »Ich habe Sie etwas gefragt, Spock«, sagte er drohend. *»Was haben Sie getan?«*

»Ich war auf seinen Angriff nicht vorbereitet«, antwortete Spock. »Rein instinktiv habe ich mich mit dem vulkanischen Todesgriff verteidigt.«

McCoy machte eine zweite Injektion und versuchte dann, einen Puls- oder Herzschlag festzustellen.

»Ihre Instinkte sind noch in Ordnung, Spock«, sagte er dann eiskalt. »Ihr Captain ist tot!«

»Durch seinen eigenen Leichtsinn«, sagte die romulanische Kommandantin. »Bringen Sie die Leiche und den Arzt zu Ihrem Schiff zurück. – Mr. Spock, wollen wir jetzt mit dem Abendessen beginnen?«

»Das«, sagte Spock, »klingt wesentlich erfreulicher.«

Es wurde wirklich erfreulich. Es war schon lange her, seit Spock einen mit so vielen Delikatessen gedeckten Tisch gesehen hatte. Er schenkte der Kommandantin Wein nach.

»Ich habe für Sie ein paar vulkanische Gerichte zubereiten lassen«, sagte sie nach dem Essen. »Ich hoffe, Sie haben Ihnen geschmeckt.«

»Die Küche an Bord Ihres Schiffes ist unvergleichlich besser als die der *Enterprise.* Eine sehr starke Verlockung, in den Dienst des Kaiserreichs zu treten.«

»Es gibt noch mehr Verlockungen«, sagte sie. Sie stand auf und setzte sich neben ihn. »Beim Sternenflotten-Kommando haben Sie kein Heim, zu dem Sie zurückkehren können. Ich – *wir* bieten Ihnen ein Heim, wenn Sie es wünschen.«

»Ein Heim?«

»Mit mir.« Sie fuhr streichelnd mit der Hand über seine Schulter, seinen Hals. »Romulanische Frauen sind anders als die vulkanischen. Wir sind keine so leidenschaftlichen Anhänger der abstrakten Logik, der Sterilität und der Gefühlsunterdrückung. Unsere Rasse ist eine Rasse von Kriegern. Aber wir haben auch eine Menge anderer – sehr schöner – Eigenschaften.«

»Dieser Aspekt der romulanischen Gesellschaft war mir völlig fremd.«

»Als Vulkanier werden Sie ihn interessant finden«, sagte sie leise. »Als Mensch aber werden Sie ihn genießen.«

»Sie können mir glauben, daß ich Ihr großzügiges Angebot überaus zu schätzen weiß.«

»Das freut mich. Dann bleibt uns nur noch eins, um Ihren Übertritt endgültig zu machen. Sie werden ein kleines Kommando unserer Leute an Bord der *Enterprise* bringen. Sie werden dann den Ihnen zukommenden Platz als Kommandant des Schiffs einnehmen und es zu einer romulanischen Flottenbasis bringen.«

»Ja, selbstverständlich«, sagte Spock ungeduldig. »Aber doch nicht sofort, in dieser Minute. Es wird doch reichen, wenn ich in – sagen wir in einer Stunde – aufbreche? Nicht wahr, Commander?«

Sie lachte. »Völlig, Mr. Spock. Wissen Sie eigentlich, daß ich einen Vornamen habe?«

»Ich habe mich schon gefragt, wie er lauten könnte.«

Sie lehnte sich an ihn und flüsterte ihm den Namen ins Ohr. Für einen Terraner hatte er überhaupt keinen Sinn und keine Bedeutung. Aber Spock erkannte die Wortwurzeln sofort und ohne Schwierigkeit.

»Ein schöner Name«, sagte er. »Aber doch recht sinnlos, wenn er einem Soldaten gehört.«

»Wenn Sie sich einen Moment gedulden, wird sich der Soldat sofort in eine Frau verwandeln.« Sie erhob sich und ging hinaus. Die Tür schloß sich hinter ihr.

Spock wandte sich mit dem Rücken zur Tür, griff unter die Jacke und zog den kleinen Kommunikator heraus. Er schaltete ihn ein und sagte leise: »Spock an Captain Kirk.«

»Hier Kirk. Ich bin bereits an Bord; mit grüner Haut, spitzen Ohren, Uniform und allem, was dazugehört. Haben Sie die Information?«

»Ja, das Gerät muß sich in einem Raum im ersten Korridor rechts, in der Nähe der Kommandantenkabine befinden. Es wird streng bewacht, und der Zutritt ist für alle Unbefugten verboten.«

»Ich werde es schon schaffen. Können Sie später unbemerkt an Bord der *Enterprise* zurückkommen?«

»Das weiß ich noch nicht. Zur Zeit…«

»Es kommt jemand. Ende!«

Spock steckte den Kommunikator rasch wieder unter die Jacke; aber es dauerte noch mehrere Minuten, bis die Kommandantin zurückkam. Die Veränderung war verblüffend. Im Vergleich zu ihrer Uniform schien das Kleid mehr zu enthüllen als zu verdecken; aber das war wohl zum größten Teil auf die Kontrastwirkung zurückzuführen.

»Mr. Spock«, sagte sie lächelnd, »finden Sie diese Bekleidung meinem Namen jetzt – angemessener?«

»Mehr als das. Es dürfte unsere Unterhaltung sehr stimulieren.« Sie hob ihre Hand, und die Finger teilten sich nach dem vulkanischen Brauch. Er folgte ihrem Beispiel. Sie berührten einander im Gesicht.

»Ich kann es einfach nicht glauben«, flüsterte sie, »daß ich durch die Berührung einer Hand so verwirrt werden könnte.«

»Auch ich muß zugeben – daß ich emotionell berührt werde – obwohl es völlig unlogisch ist, aber…«

»Spock, wir müssen uns doch nicht für unsere Gefühle rechtfertigen. Man muß sich nur damit abfinden, sie auskosten. Tun auch Sie es! Ich kann es doch auch.«

»Ich werde nie mehr zweifeln.«

»Dann komm!« Sie nahm seine Hand und führte ihn zum anderen Raum.

Der Türsummer tönte so laut und anhaltend, daß sogar Spock zusammenzuckte.

»Ich bitte, eintreten zu dürfen!« rief Tal.

»Nicht jetzt, Tal!«

»Es ist äußerst dringend, Commander.«

Sie zögerte, blickte Spock an; aber die Stimmung war verflogen. »Kommen Sie herein«, sagte sie.

Tal brachte zwei Wachen mit. Es war schwer zu sagen, ob sie sich mehr über die zivile Kleidung ihrer Kommandantin wunderten oder über Spocks Anwesenheit in ihren privaten Gemächern.

»Wir haben Sendeimpulse eines gegnerischen Kommunikators aufgefangen«, meldete Tal. »Einer der Gesprächspartner befindet sich an Bord unseres Schiffes.«

»Peilen Sie ihn an und machen Sie Meldung.«

»Das ist bereits geschehen. Einer der Sender befindet sich in diesem Raum.«

Sie richtete sich auf und blickte Spock an.

Spock wich ihrem Blick nicht aus und griff unter seine Jacke. Tal und die beiden Wachen zogen ihre Waffen. Spock zog seinen Kommunikator heraus und reichte ihn ihr. Wie in tiefer Trance, ohne den Blick von seinem Gesicht zu nehmen, nahm sie ihm das Gerät aus der Hand. Dann, plötzlich, schien sie zu erwachen.

»Die Tarn-Abschirmung! Schicken Sie Wachen…«

»Auch daran haben wir bereits gedacht«, sagte Tal. Seine Stimme troff vor Verachtung. Es war klar, daß er sie bald von ihrem Kommando abzulösen hoffte. »Sie ist verschwunden.«

»Alarmstufe Rot! Durchsuchen Sie das ganze Schiff!«

»Das dürfte sinnlos sein«, sagte Spock. »Ich glaube nicht, daß Sie das Gerät finden.«

»Sie sind verrückt!« schrie sie entsetzt.

»Ich kann Ihnen versichern, daß ich völlig normal bin.«

»Wie konnten Sie mir das antun! Wer sind Sie, daß Sie so etwas tun konnten!«

»Ich bin der Erste Offizier der *Enterprise*«, sagte Spock sachlich.

Sie schlug ihm ins Gesicht. Der Hieb hätte jeden normalen Menschen wie einen erschlagenen Ochsen zu Boden geworfen.

Spock blickte sie nur ruhig an. Sie starrte zurück, und allmählich wurde ihr Atem wieder ruhiger.

»Bringen Sie ihn in mein Büro«, sagte sie. »Ich komme gleich nach.«

Sie trug wieder Uniform, und ihr Gesicht war starr und ausdruckslos. »Die Exekution von Staatsfeinden«, sagte sie eisig, »ist äußerst schmerzhaft und erniedrigend. Ich will hier nicht in Einzelheiten gehen. Das Urteil wird sofort nach seiner Niederschrift vollstreckt.«

»Ich bin kein Untertan Ihres Reiches«, sagte Spock ruhig. »Aber wenn ich wie ein solcher behandelt werden soll, dann verlange ich auch das Recht zur Aussage.«

»Es scheint, daß Sie eine ganze Menge über unser Recht und unsere Gepflogenheiten wissen. Das muß natürlich als schuldverschärfend gewertet werden. Aber wir gewähren Ihnen das Recht zur Aussage.«

»Danke.«

»Gehen Sie auf die Brücke zurück, Sub-Commander«, sagte sie zu Tal. »Sie entern das Schiff, wenn ich den Befehl dazu gebe.«

Tal salutierte und verließ den Raum. Sie nahm eine Waffe aus der Schreibtischschublade und legte sie vor sich auf die Platte. Sie schien völlig sicher zu sein, daß Spock keinen Fluchtversuch unternehmen würde. Und in der Tat, wie sie die Situation sah, wäre so ein Unternehmen völlig unlogisch.

»Im Recht zur Aussage ist keine zeitliche Begrenzung vorgesehen«, sagte sie. »Aber ich hoffe, Sie werden mich nicht mit einer stundenlangen Verteidigungsrede anöden.«

»Ich werde mich kurzfassen«, versprach Spock. »Ich denke, ich werde nicht mehr als zwanzig Minuten brauchen.«

»Es würde noch weniger Zeit beanspruchen, Ihren Komplizen zu finden, der das Tarngerät gestohlen hat. Auf jeden Fall würden Sie nicht allein sterben.« Sie drückte einen Schalter. »Protokoll: Das Romulanische Recht zur Aussage gestattet dem Angeklagten, eine Erklärung über die Motive seines Verbrechens abzugeben. Commander Spock, Offizier der Sternenflotte der Föderation und überführter Doppel-Agent, nimmt dieses Recht in Anspruch. – Sie haben das Wort, Commander.«

»Ich bin der Spionage und der Beihilfe zur Sabotage angeklagt. In beiden Punkten erkläre ich mich schuldig. Die Anklage der Doppel-Spionage aber weise ich entschieden zurück. Auch wenn ich eine gewisse Bereitschaft zum Übertritt in den Dienst Ihres Sternenreiches vorgetäuscht habe, gehört meine Loyalität doch nach wie vor und unwandelbar der Föderation, und ich habe dem Romulanischen Kaiserreich niemals einen Treueeid geschworen.

Alles, was ich getan habe, geschah auf Grund einer versiegelten Order des Sternenflotten-Kommandos, von deren Inhalt niemand außer mir – und Captain Kirk natürlich – Kenntnis hatte. Diese Order beauftragte uns, Gerüchte nachzuprüfen, nach denen die Romulaner angeblich eine Tarnabschirmung für ihre Raumschiffe entwickelt haben sollten, und diese gegebenenfalls mit allen Mitteln zu beschaffen. Diese von uns angewandten Mittel sind von Captain Kirk und mir in einer geheimen Besprechung ausgearbeitet worden.«

»Und damit ist bewiesen«, sagte die Kommandantin bitter, »daß die Behauptung, ein Vulkanier wäre der Lüge nicht fähig, doch nur ein Mythos ist.«

»Aber natürlich«, erwiderte Spock. »Alle komplexen Beziehungen zwischen vernunftbegabten Wesen erfordern eine gewisse Bereitschaft und die Fähigkeit zur Unwahrheit, zum Schutz der anderen und zum Wohl der Gesellschaft. Die Terraner nennen solche Unwahrheiten ›weiße Lügen‹. Die Ehrenhaftigkeit eines Menschen beruht auf seinem Unterscheidungsvermögen von solchen ›weißen Lügen‹ und hinterhältigen oder bösartigen. Und das ist weitaus schwieriger, als einfach immer und überall die Wahrheit zu sagen, ohne Rücksicht darauf, wie verletzend oder verhängnisvoll diese Wahrheit sein mag. Und es gibt auch Situationen, wie zum Beispiel diese, in der man eine Lüge, die verletzen muß, und die Wahrheit, die der Gesellschaft Schaden brächte, gegeneinander abwägen muß. Ihr Versuch, mich zu verführen und dadurch auf Ihre Seite zu ziehen, ist ein Beispiel dafür. Wenn es sich zu etwas anderem entwickelt hat, so tut es mir leid; aber die Gefahr des Scheiterns ist allen solchen Versuchen inhärent.«

»Ich kann auf Ihr Mitleid verzichten«, sagte die Kommandantin, »und auch auf Ihre kleine moralische Lektion. – Bitte, fahren Sie fort!«

»Wie Sie wünschen. Der Eid, den ich als Offizier der Sternenflotte geleistet habe, ist sowohl eindeutig, als auch für immer bindend. Solange ich diese Uniform trage, ist es meine Pflicht, die Sicherheit der Föderation zu bewahren und sie zu beschützen. Ihre Tarnabschirmung stellt, wie Sie zugeben müssen, eine ernste Bedrohung dieser Sicherheit dar. Ich habe also nur meine Pflicht getan, wie es meine Befehle und mein Eid von mir verlangten.«

»Jeder von uns tut seine Pflicht, Mr. Spock«, sagte die Kommandantin. »Selbstverständlichkeiten brauchen Sie nicht besonders anzuführen.«

»Es gibt keine Vorschriften über den Inhalt der Aussage. Darf ich jetzt fortfahren?«

»Bitte. Ihre zwanzig Minuten sind gleich abgelaufen.«

»Ich hoffe, daß Sie mir die Zeit, die wir durch Ihre Fragen und meine Beantwortung dieser Fragen verloren haben, nicht anrechnen werden. Ständige Unterbrechungen während der Verteidigungsrede des Angeklagten sind ungesetzlich.«

»Was sollen diese juristischen Haarspaltereien«, sagte die Kommandantin gereizt. »Würden Sie freundlicherweise wieder zur Sache kommen?«

»Gern. Ihr Appell an meine Loyalität zu meinem Heimatplaneten Vulkan, im Namen unserer gemeinsamen rassischen Wurzeln, mußte fehlschlagen, weil es jenseits der historischen Tradition vulkanischer Loyalität auch die vulkanisch-romulanische Tradition der Treue zur Pflicht gibt – und der Planet Vulkan gehört, wie Sie wissen, seit langem der Föderation an. Mit anderen Worten...«

Während er sprach, hörte er ein vertrautes Summen, das rasch lauter wurde. Die Kommandantin wußte sofort, was das zu bedeuten hatte. Aber anstatt die Waffe zu ziehen und zu feuern, sprang sie auf Spock zu und schlang ihre Arme um seinen Hals. Und dann verschwanden beide in einem Schauer von Funken und standen im Transporter-Raum der *Enterprise.*

Als sich die Türen des Lifts öffneten und die beiden auf die Brücke traten, hörte Spock Kirk sagen: »Schalten Sie das Gerät ein, Scotty!«

»Es ist eingeschaltet, Sir«, antwortete Scottys Stimme. »Es funktioniert nicht.«

Die Kommandantin blickte zu Kirk hinüber und stieß einen überraschten Ausruf aus. Kirk hatte noch immer die romulanische Uniform nicht abgelegt und war auch noch nicht dazu gekommen, die grünliche Farbe seiner Haut zu entfernen und die veränderte Form seiner Ohren wieder in eine menschliche verwandeln zu lassen. Jetzt wußte sie, wie das Tarngerät gestohlen worden war.

Spock ließ sie stehen und setzte sich auf seinen Platz an den Computern. Hinter sich hörte er sie sagen: »Ich muß Ihnen gratulieren, Captain, daß Sie Ihren Plan bis jetzt durchführen konnten. Aber da Sie in wenigen Sekunden tot sein werden, kann ich es mir sparen.«

Kirk beachtete sie nicht. »Leutnant Uhura«, sagte er, »stellen Sie eine Verbindung mit dem romulanischen Flaggschiff her.«

»Zu Befehl, Sir.« Und nach wenigen Sekunden. »Ich habe Verbindung mit Sub-Commander Tal.«

Tal starrte verdutzt auf den Bildschirm, als er einen seiner eigenen Offiziere im Kommandantensessel der *Enterprise* zu sehen glaubte. Aber er wußte sofort, daß jeder Offizier, den er nicht kannte, nur ein Betrüger sein konnte. »Wir haben Sie vor den Rohren unserer schweren Phaser-Geschütze, *Enterprise*. Sie können uns nicht entkommen.«

»Hier spricht Captain Kirk unter diesem Kostüm. Ich würde mir die Sache noch einmal überlegen. Wir haben nämlich Ihre Kommandantin bei uns.«

Tal warf einen raschen Blick auf den Bildschirm und erstarrte.

»Sub-Commander Tal!« sagte die Frau hart. »Ich gebe Ihnen hiermit einen dienstlichen Befehl. *Eröffnen Sie das Feuer!*«

Uhura hatte zwar sofort die Verbindung unterbrochen; aber nicht schnell genug. Doch das war ein Risiko, das man nicht vermeiden konnte.

»Beeilen Sie sich, Scotty! Wir haben nicht mehr viel Zeit!«

»Ich tue, was ich kann, Captain.«

»Sie sehen, Captain«, sagte die Frau lächelnd, »daß alle Ihre Mühe vergebens war.«

»Mr. Spock. Entfernung von den romulanischen Schiffen?«

»Einhundertfünfzigtausend Kilometer. Gegner kommt rasch näher.«

»Feuerbereitschaft für alle Phaser-Geschütze! – Sie haben doch nichts dagegen, daß wir uns wehren, nicht wahr?« fragte er die Kommandantin.

»Ich habe nichts anderes erwartet.«

»Einhunderttausend Kilometer«, sagte Spock. »Gegner in Reichweite in sechs Sekunden... fünf... vier...«

»Scott! *Einschalten!*«

»Wahrscheinlich ist die Ladung zu stark, aber...«

»...zwei... eins...«

»Es funktioniert, Sir!« jubelte Scott.

»Mr. Chekov, Kurswechsel auf 318 Grad. Geschwindigkeit Sol Neun!«

»Neun, Sir? – Ausgeführt.«

Spock wandte sich an Kirk. »Sie haben das Feuer auf die Stelle eröffnet, wo wir jetzt ohne Kursänderung stehen müßten, Sir. Die Tarnabschirmung scheint wirklich sehr wirksam zu sein. Und ich habe von der Kommandantin erfahren, daß selbst ihre eigenen Sensoren ein damit ausgerüstetes Schiff nicht auffassen können.«

»Ich danke Ihnen, Mr. Spock«, sagte Kirk herzlich. Er wandte sich an die Kommandantin. »Wir werden Sie auf der nächsten Basis der Föderation absetzen.«

»Sie sind sehr großzügig, Captain. Darf ich Sie jetzt bitten, mich in die Arrestzelle bringen zu lassen? Meine weitere Anwesenheit hier auf der Brücke wäre mir mehr als peinlich.«

Kirk stand steif da. »Mr. Spock, Ihnen fällt die Ehre zu, die Kommandantin in ihre *Kabine* zu geleiten.«

Die beiden gegnerischen Kommandanten verneigten sich steif voreinander, dann brachte Spock die Frau zum Lift. Hinter sich hörte er die Meldung Sulus: »Wir sind jetzt wieder in der Neutralen Zone, Captain.«

»Es tut mir leid, daß Sie als unfreiwilliger Passagier an Bord kommen mußten«, sagte Spock. »Das war nicht beabsichtigt. Sie wollten nur die Tarn-Abschirmung haben.«

»Sie? – Und was wollten Sie selbst?«

»Auch ich wollte nur das, als ich an Bord Ihres Schiffes kam.«

»Und mehr haben Sie auch nicht bekommen.«

»Sie unterschätzen sich, Madame.«

Sie tat so, als wenn sie die Untertöne nicht hörte. »Wir werden sehr bald eine Möglichkeit finden, die Tarn-Abschirmung unwirksam zu machen. Immerhin haben wir sie erfunden. Ihr habt sie nur gestohlen.«

»Ich weiß, daß es nichts Vergänglicheres gibt als militärische Geheimnisse«, sagte er. »Ich hoffe, daß wir sie bald gegen etwas Dauerhafteres eintauschen können.«

Sie trat in den Aufzug. Als er ihr folgen wollte, vertrat sie ihm den Weg.

»Sie haben Ihre Wahl getroffen«, sagte sie leise.

»Es war die einzig mögliche. Sie hätten mich andernfalls doch überhaupt nicht mehr respektiert.«

Sie blickte ihn lange an. Dann lächelte sie, verhalten und ein wenig traurig. »Das wird unser Geheimnis bleiben. Und jetzt gehen Sie zurück auf Ihren Posten. Es ist besser, wenn die Wachen von hier an meine Begleitung übernehmen.«

Spock winkte zwei Männer heran. Wahrscheinlich hätte sie beide ohne große Schwierigkeiten überwältigen können. Aber die *Enterprise* befand sich bereits weit außerhalb Transporter-Reichweite der romulanischen Schiffe – und ihre jetzige Stimmung schien nicht dazu angetan zu sein, sie zu unlogischem Handeln zu verleiten. Es war – in gewisser Weise – bedauerlich, daß sie nichts von dem zyklisch ausbrechenden Brunfttrieb der Vulkanier wußte – und von ihrer völligen Gleichgültigkeit gegenüber dem anderen Geschlecht außerhalb dieser Periode. Oder hatte sie sich in diesem Punkt auf sein menschliches Erbe verlassen? Und – hatte sie damit etwa richtig gefolgert?

Der Lift brachte sie an ihren Bestimmungsort. Spock kehrte auf seinen Posten zurück.

»Bordlazarett an Captain Kirk. Wenn die Vorstellung da oben vorbei ist, möchte ich Sie hier unten sehen.«

»Warum denn, Pille?«

»Du mußt noch einmal unters Messer. Zur Strafe für das Theater, das du mir vorgespielt hast, werde ich dir die Ohren stutzen.«

Kirk grinste und fuhr mit der Hand über seine spitz zulaufenden Ohren, die er in der Hitze des Gefechts völlig vergessen hatte. Er blickte grinsend zu Spock hinüber.

»Bitte, gehen Sie, Captain«, sagte Spock leise. »Bei einem Menschen sehen sie wirklich nicht sehr vorteilhaft aus.«

»Kommst du, Jim?« ertönte McCoys Stimme. »Oder möchtest du für den Rest deines Lebens wie dein Erster Offizier aussehen?«

Und wieder hatte McCoy es geschafft, das letzte Wort zu behalten.

EIN STÜCK VOM KUCHEN

Es war schwierig, Bela Okmyx, der sich »Boß« von Dana Iota Zwei nannte, zu erklären, daß der Funkspruch, den die *Horizont* vor hundert Jahren abgesandt hatte, erst jetzt von der *Enterprise* aufgefangen worden war. Der »Boß« schien nicht einmal mit dem Begriff »Galaxis« etwas anfangen zu können.

Kirk hatte nicht gewußt, was er hier zu finden gehofft hatte, war aber auf alle Möglichkeiten vorbereitet gewesen. Die *Horizont* hatte nicht nur über keine Hyperraum-Kommunikations-Anlage verfügt, sie war auch lange vor dem Inkrafttreten des Nichteinmischungsabkommens hier gelandet, zu einer Zeit, als die Iotaner gerade im Anfangsstadium ihrer Industrialisierung steckten. Und die Iotaner galten als äußerst intelligent und – nachahmungsfreudig. Die *Horizont* hatte ihre Zivilisation vielleicht vor ihrem Abflug und dem kurz darauf erfolgten Absturz sehr drastisch verändert.

Der Mann, der sich »Boß« nannte, gab sich jedoch sehr entgegenkommend und freundlich. Er begriff zwar nicht, was »transportieren« hieß, war aber sofort einverstanden, sich mit Kirk und zwei seiner Offiziere zu treffen. Als Treffpunkt schlug er eine Straßenkreuzung vor, wo ein Empfangskomitee für die Gäste bereitstehen würde. Soweit war alles völlig normal.

Kirk, Spock und McCoy ließen sich auf den Planeten beamen, und Scott übernahm stellvertretend das Kommando. Sie materialisierten in einer Umgebung, die in irgendeiner der älteren Städte der Erde hätte sein können. Mit zwei entscheidenden Unterschieden: man sah keine Kinder, und alle Erwachsenen trugen Revolver. Ihre Kleidung erinnerte an die der ersten Jahre des zwanzigsten Jahrhunderts in den Vereinigten Staaten.

Sie hatten das kaum registriert, als eine Männerstimme hinter ihnen brüllte: »He, ihr drei! Spielt mal Denkmal!«

Die drei wandten sich erstaunt um und sahen sich zwei Männern gegenüber, die mit beiden Händen unhandliche Waffen auf sie richteten. Kirk erkannte sie als Modelle uralter Maschinenpistolen.

»Würden Sie Ihre Worte etwas verdeutlichen, bitte?« fragte Spock höflich.

»Ich will, daß Sie schön stehenbleiben wie Statuen«, sagte einer der beiden Männer. »Und jetzt schön langsam die Flossen über den Kopf. Sonst haben Sie keinen Kopf mehr, über den Sie die Flossen heben könnten.«

Die beiden Männer standen so nahe, daß Kirk sie beide mit einem raschen Schuß aus der Hüfte hätte betäuben können; aber er wollte in die Situation nicht schon jetzt eingreifen, bevor sie sich richtig entwikkelt hatte. Er hob folgsam die Hände, und die beiden Offiziere ebenfalls.

Einer der beiden Männer hielt sie mit seiner altertümlichen Waffe in Schach, während der andere ihnen schweigend Phaser und Kommunikatoren abnahm. Als er McCoys Tricorder entdeckte, zögerte er einen Augenblick, und dann nahm er ihn ebenfalls. Ein paar Fußgänger blieben stehen und sahen dem Vorfall zu. Aber sie waren nur mäßig neugierig, fand Kirk, und einige von ihnen nickten sogar beifällig. Waren die beiden Männer Polizisten? fragte sich Kirk. Sie waren genauso gekleidet wie alle anderen, vielleicht ein wenig teurer und farbenfroher, aber das war auch alles.

Der schweigende Mann zeigte dem anderen seine Beute. Der nahm einen der Phaser in die Hand und betrachtete ihn stirnrunzelnd. »Was ist das?« fragte er.

»Bitte seien Sie vorsichtig damit«, sagte Kirk. »Es ist eine Waffe.«

»Ein Ballermann, was? Na, der Boß wird sich freuen.«

»Ein Mr. Bela Okmyx hat uns eingeladen. Er sagte...«

»Ich weiß, was er gesagt hat. Was er Kalo nicht sofort erzählt, braucht man auch nicht zu wissen. Er hat gesagt, daß ein paar Jungens Sie empfangen werden. Okay, wir haben Sie empfangen.«

»Und weshalb mit Waffen?« fragte McCoy.

»Wollen Sie sich mit mir anlegen, Kumpel? – Glotzen Sie mich nicht so mit Ihren unschuldigen Kalbsaugen an. Auf so was fällt nicht mal meine Oma mehr rein.« Er wandte sich an Spock. »Sind Sie Boxer?«

»Nein«, sagte Spock. »Warum laufen hier eigentlich alle Leute mit Waffen herum? Haben Sie Krieg?«

»So einen Unsinn habe ich mein ganzes Leben noch nicht gehört«, lachte Kalo und deutete mit der Mündung seiner Maschinenpistole die Straße hinauf. »Da geht's lang!«

Als sie sich in Bewegung setzten, hörte Kirk ein entferntes, aber rasch näherkommendes Knattern. Und plötzlich ein grelles Kreischen.

»Deckung!« brüllte Kalo und warf sich zu Boden. Auch alle anderen Menschen auf der Straße ließen sich, wo sie gerade gingen oder standen, zu Boden fallen oder suchten in Hauseingängen Deckung. Kirk warf sich in den Rinnstein.

Ein Fahrzeug, das die Form zweier ungleich großer, auf Rädern montierter Tonnen hatte, bog mit kreischenden Bremsen um die nächste Ecke und raste auf sie zu. Zwei Männer schoben die Mündungen von Maschinenpistolen aus den Fenstern des Fahrzeugs und eröffneten das Feuer. Kalo schoß zurück, aber er hatte kein gutes Schußfeld. Glücklicherweise schien das gleiche für die beiden Männer im Wagen zu gelten.

Dann war das Fahrzeug wieder verschwunden, und die Fußgänger standen auf und gingen weiter, als ob überhaupt nichts Außergewöhnliches geschehen wäre.

McCoy sah sich um und kniete dann neben dem zweiten Mann des »Empfangskomitees« nieder; aber dem war nicht mehr zu helfen.

Kalo schüttelte den Kopf. »Pech gehabt! – Dieser Krako traut sich wirklich was!«

»Begrüßen Sie alle Ihre Gäste so?« fragte Kirk.

»So was kann schon mal vorkommen, Kumpel.«

»Aber dieser Mann ist tot«, sagte McCoy.

»Natürlich. Auch die schießen schließlich nicht mit Knallbonbons. – Macht, daß ihr wegkommt!« schrie er plötzlich ein paar Passanten an, die sich um sie zu sammeln begannen. »Habt ihr noch nie 'ne Leiche gesehen? Haut ab!«

Er fuchtelte mit der Maschinenpistole und trieb seine drei Gefangenen weiter, ohne sich um den Toten zu kümmern. Kirk überdachte die Situation: Ein Mann war eben erschossen worden; aber kein Mensch schien etwas dabei zu finden, als ob so etwas jeden Tag vorkommen würde. War das die zivilisatorische Vergiftung, nach der sie suchten? Aber die Mannschaft der *Horizont* hatte schließlich nicht aus kaltblütigen Killern bestanden, und sie hatten auch nicht von entsprechenden Vorkommnissen oder Entwicklungen auf Iota berichtet. Nun, es waren inzwischen hundert Jahre vergangen.

Ein junges und auffallend hübsches Mädchen trat aus einem Laden und kam direkt auf sie zu. Ein zweites Mädchen folgte ihr.

»He, Kalo«, rief sie.

»Hau ab!«

»Wann unternimmt der Boß endlich etwas wegen dieser lausigen Straßenbeleuchtung? Ein Mädchen kann sich nachts in dieser Gegend überhaupt nicht mehr aus dem Haus trauen.«

»Und wie ist es mit der Müllabfuhr?« schrie die zweite. »Hier ist seit drei Wochen nichts abgeholt worden.«

»Du kannst dich ja beschweren.«

»Habe ich. Der Brief ist ungeöffnet zurückgekommen. Mit Strafporto.«

»Hören Sie zu, Kalo«, sagte das andere Mädchen. »Wir zahlen unsere Prozente. Dafür können wir schließlich auch einen gewissen Service verlangen.«

»*Verschwindet!* Ich sage es nicht noch einmal!«

Die Mädchen blieben stehen und starrten ihnen finster nach.

»Manche Menschen können wirklich nur immer meckern.«

Kirk blickte ihn an. Er sah jetzt wirklich komisch aus; seine Taschen waren ausgebeult von den Waffen und Geräten, die er den drei Offizieren abgenommen hatte, und unter jedem Arm baumelte eine Maschinenpistole. Aber deshalb war der Mann nicht weniger gefährlich geworden.

»Mr. Kalo, ist es bei Ihnen üblich, daß die Bürger nur durch Petitionen zu ihrem Recht kommen?«

»Wenn sie ihre Prozente zahlen, kümmert sich der Boß auch um sie. – Hier geht's rein.«

Sie standen vor einem großen Gebäude. Neben der Tür war ein blank poliertes Messingschild:

BELA OKMYX
NORD-TERRITORIUM

Sie landeten in einem großen, luxuriös eingerichteten Büro. An den Wänden hingen gerahmte Bilder. Aber einer der Rahmen umgab statt eines Bildes eine Art Kanone.

Hinter dem ausladenden Schreibtisch saß ein untersetzter, dunkelhäutiger Mann.

»Da sind sie, Boß«, sagte Kalo. »War ganz einfach.«

Der Mann hinter dem Schreibtisch lächelte und erhob sich. »Kommen Sie, Captain Kirk. Setzen Sie sich. – Ein Drink gefällig? Gutes Zeug, ich brenne es selbst.«

»Nein, danke. – Sie sind Mr. Okmyx, nehme ich an. Dies sind Mr. Spock, mein Erster Offizier, und Dr. McCoy.«

»Freut mich, freut mich. Setzen Sie sich doch. Steck die Kanone weg, Kalo! Die Jungs sind meine Gäste.« Er wandte sich an Kirk. »Sie müssen meine Leute entschuldigen. Aber man kann heutzutage gar nicht vorsichtig genug sein.«

»Nach allem, was ich bis jetzt gesehen habe, verstehe ich Sie nur zu gut«, sagte Kirk. »Man nennt Sie den Boß, Mr. Okmyx; den Boß wovon?«

»Meines Territoriums. Das größte der Welt. Aber wenn man der Größte ist, versuchen natürlich dauernd irgendwelche Ganoven, sich auch ein Stück von dem Kuchen abzuschneiden. Verstehen Sie?«

»Mir kommt die Situation erstaunlich bekannt vor, Captain«, sagte Spock.

»Wie viele andere Territorien gibt es wohl?«

»Ungefähr ein Dutzend – ohne die kleinen Krauter. Aber die werde ich sowieso bald abservieren. Sowie ich Zeit dazu habe.«

»Zählt dazu vielleicht auch ein Gentleman namens Krako?« fragte Kirk.

»Sie kennen Krako?« sagte Bela mißtrauisch.

»Der hat uns überfallen, Boß«, brummte Kalo. »Mike hat's erwischt.«

Bela runzelte ärgerlich die Stirn. »Das soll mir das Schwein büßen.«

»Wird erledigt, Boß.«

Kirk bemerkte ein großes, mit Schnitzwerk geschmücktes Pult neben dem Schreibtisch. Darauf lag ein kostbar gebundenes Buch. Er stand auf und trat darauf zu. Kalo hob drohend seine Maschinenpistole, ließ sie aber auf ein Zeichen Belas wieder sinken.

Das Buch sah wie eine Bibel aus, in weißes Leder gebunden und mit Goldprägung. Sein Titel lautete: DIE CHICAGOER GANGS DER ZWANZIGER JAHRE. Die Ausgabe stammte aus dem Jahr 1983.

»Wie sind Sie zu diesem Buch gekommen, Mr. Okmyx?« fragte Kirk verwundert.

»Das ist *Das Buch,* das heiligste aller Bücher. Sie haben es uns zurückgelassen, die Männer der *Horizont.*«

»Und da haben Sie den Grund, Captain«, sagte Spock leise. »Eine vollkommene, künstlich geschaffene Gangster-Kultur. Man brauchte nur eine zur Nachahmung neigende Rasse, ein Buch und...«

»Keine Witze über *Das Buch!*« sagte Bela ärgerlich. »Ich habe Sie schließlich nicht hergebracht, daß Sie hier herumschnüffeln. Ich möchte, daß Sie mir einen Gefallen tun.«

»Jederzeit«, sagte Kirk und legte das Buch zurück. »Soweit es nicht gegen unsere Gesetze verstößt.«

»Okay«, sagte Bela zögernd und beugte sich vor. »Ich bin im Grunde ein friedfertiger Mensch, Captain. Ich habe alle diese Überfälle und Morde bis hier.« Er deutete an seine Kehle. »Krako überfällt mich, ich schlage zurück. Trepo überfällt mich, ich schlage zurück. Krako überfällt Trepo. Aber das alles bringt uns doch keinen Schritt weiter! Es gibt einfach zu viele Bosse hier, verstehen Sie? Wenn sich alle einem Boß unterordnen würden, könnten wir vielleicht etwas erreichen. Und dazu brauche ich Sie.«

»Ich verstehe nicht ganz«, sagte Kirk.

»Ihr von der Föderation habt große Fortschritte gemacht, seit dieses andere Raumschiff hier war. Ihr habt sicher 'ne ganze Menge neuer Waffen, und so weiter. Ich mache Ihnen ein Angebot: Ihr gebt mir alle Ballermänner, die ich brauche, um mit den anderen Ganoven fertig zu werden; und zwar ein für allemal. Dann übernehme ich den ganzen Laden, und Sie brauchen nur noch mit einem zu verhandeln. Ist doch ganz einfach.«

»Ich wiederhole, um jede mögliche Unklarheit auszuschalten: Wir sollen Ihnen die Waffen liefern, damit Sie die anderen Nationen überfallen und unterdrücken können. Ist es so?«

»Was für Nationen? Ich muß nur ein paar Leute zur Räson bringen, und Sie helfen mir dabei.«

»Faszinierend«, sagte Spock. »Aber völlig unmöglich.«

»Empörend, würde ich sagen«, setzte McCoy hinzu.

»Selbst wenn ich Ihnen dabei helfen wollte«, sagte Kirk, »unsere Befehle sind...«

Bela gab Kalo einen Wink, und der hob wieder die Maschinenpistole. Und dann öffnete sich eine Tür, und ein zweiter Mann trat herein. Er war ebenfalls mit einer Maschinenpistole bewaffnet.

»*Ihre* Befehle interessieren mich nicht«, sagte Bela. »Ich gebe Ihnen acht Stunden. Wenn ich bis dahin nicht die Dinger habe, die ich von

Ihnen verlange, gebe ich Ihrem Raumschiff Nachricht, Sie wieder an Bord zu holen – sauber in eine ganze Menge sehr kleiner Kisten verpackt. Verstehen Sie, was ich meine, Kumpel?«

Kalo leerte erst jetzt seine Taschen und legte ihren Inhalt auf den Schreibtisch. Er deutete auf einen der drei Phaser. »Das ist 'ne Kanone, Boß. Was das andere Zeug ist, weiß ich nicht.«

»'ne Kanone? Mal sehen, wie das Ding funktioniert. Er richtete die Mündung gegen die Zimmerwand.

Kirk sprang vor. »Nicht!« schrie er. »Sie legen die halbe Wand um!«

»Sehr gut«, grinste Bela. »Geben Sie mir hundert Stück davon, dann sind wir wieder Freunde, okay?«

»Nein.«

»Ich kriege immer, was ich haben will, Kumpel.« Er nahm einen Kommunikator auf. »Und was ist das?«

Kirk antwortete nicht.

Bela deutete mit dem Daumen auf McCoy. »Legt ihn um!«

»Moment mal«, sagte Kirk rasch. »Es ist eine Art Sprechfunkgerät, das mich mit meinem Schiff verbindet.«

Bela fummelte daran herum und schaltete es rein zufällig ein.

»He, ihr da oben!« sagte er.

»Hier Scott. Wer spricht da?«

»Bela Okmyx. Ich habe Ihren Captain und seine beiden Freunde hier. Wenn Sie sie lebend zurückhaben wollen, schicken Sie sofort hundert von diesen neumodischen Kanonen runter, und ein paar Leute, die uns zeigen, wie man damit umgeht. Sie haben genau acht Stunden Zeit. Dann mache ich Hackfleisch aus Ihren Freunden. Verstehen Sie, was ich meine?«

»Nein«, erklang Scotts Stimme. »Aber ich werde es bald herausfinden.«

Bela legte den Kommunikator auf den Tisch zurück. »Okay, Kalo. Bring sie in den Speicher. Schließt sie ein, und laßt sie keinen Moment aus den Augen. Verstanden?«

»Klar, Boß. – Los, ab mit euch!«

Der Speicherraum hatte ein vergittertes Fenster und war mehr als spärlich eingerichtet. Aber selbst hier befand sich ein Exemplar *Des Buches.* Kalo und zwei andere Gangster spielten Karten. Die Maschinenpistolen lagen vor ihnen auf dem Tisch, und sie warfen immer wieder einen raschen Blick auf die drei Gefangenen, die am anderen Ende des langgestreckten Raums saßen.

»Nur ein Buch«, sagte McCoy. »Und sie haben es zur Bauanleitung für ihre ganze Kultur verwendet.«

»Das hat es schon einmal gegeben«, sagte Spock. »Im alten Chicago kam es einmal fast zum Zusammenbruch der ganzen Verwaltung. Den Gangs wäre es fast gelungen, die Staatsgewalt an sich zu reißen.«

»Dieser Okmyx muß der schlimmste von ihnen sein.«

»Wir können über seine Methoden diskutieren«, sagte Spock. »Aber sein Ziel ist zweifellos das einzig richtige. Diese Kultur muß unter eine zentrale Führung kommen, oder sie verfällt in völlige Anarchie. Sie ist bereits auf dem besten Weg dazu. Erinnern Sie sich an die beiden jungen Mädchen, die sich über das Versagen der öffentlichen Dienste beklagten?«

»Falls diese Gesellschaft auf Grund der durch die *Horizont* ausgeübten Einflüsse zusammenbricht, ist die Föderation dafür verantwortlich«, sagte Kirk. »Wir müssen diese Karre wieder aus dem Dreck ziehen. Spock, wenn Sie an die soziologischen Datenbänder Ihrer Computer herankönnten, wäre es Ihnen dann möglich, eine Lösung auszuarbeiten?«

»Möglicherweise, Captain.«

Kirk gab Spock und McCoy ein heimliches Zeichen und trat näher an die Kartenspieler heran. Die drei Männer blickten zu ihm auf, die Hände auf den Waffen. Sie entspannten sich jedoch sofort wieder, als Kirk einen Stuhl heranzog und sich zu ihnen setzte. Das Spiel war eine Art von Poker.

Nach ein paar Minuten sagte Kirk: »Das ist doch ein Spiel für Kinder.«

»Finden Sie?« sagte Kalo.

»Ich würde damit nicht meine Zeit verschwenden.«

»Verlangt ja auch keiner von Ihnen.«

»Auf Beta Antares IV gibt es Spiele für Männer. Aber für Sie dürfte das ein bißchen zu schwierig sein. Man braucht nämlich eine gewisse Intelligenz dazu.«

»Okay, das wollen wir mal sehen«, sagte Kalo. »Nehmen Sie die Karten, Großmaul. Zeigen Sie uns das Spiel.«

»Die Karten auf Antares sind natürlich etwas anders als Ihre; aber doch nicht zu verschieden«, sagte Kirk und blickte sie flüchtig an.

»Das Spiel heißt Fizzbin. Jeder Spieler erhält sechs Karten – nur derjenige, der zur Rechten des Gebers sitzt, bekommt sieben. Die zweite Karte wird aufgedeckt – außer an Dienstagen, natürlich... Ah, Kalo, Sie haben eine Neun. Das ist schon ein halber Fizzbin.«

»Ich brauche also eine zweite Neun?«

Spock und McCoy traten, wie von ihrer Neugier angezogen, näher. Und sie waren wirklich neugierig. Sie hatten von diesem Spiel noch nie gehört. Und auch Kirk war es völlig neu.

»Aber nein. Das wäre ein Sralk und würde Sie sofort disqualifizieren. Sie brauchen jetzt entweder einen König oder eine Zwei; ausgenommen nachts, natürlich, dann müßten Sie eine Dame oder eine Vier dazu haben. – Zwei Sechsen! Großartig. Jetzt dürfen Sie aber keine dritte Sechs mehr bekommen. Dann müssen Sie nämlich ausscheiden. Nur, wenn es eine schwarze Sechs wäre...«

»Was dann?« fragte Kalo, völlig durcheinander.

»Dann gilt selbstverständlich das Gegenteil«, sagte Kirk und beschloß, nun wieder etwas Systematisches dazuzugeben, um sie noch mehr durcheinanderzubringen. »Dann brauchen Sie die Sechs nicht aufzudecken, sondern dürfen eine weitere Karte ziehen. Jetzt könnten Sie sogar auf einen Royal Fizzbin hoffen, aber die Chance, diese Kombination zu erreichen, ist immer sehr klein, stimmt's, Spock?«

»Ich habe sie noch nie nachgerechnet, Captain.«

»Sie können mir glauben, daß sie verschwindend gering ist. Und jetzt wird die letzte Karte ausgegeben. Wir nennen das den Cronk; aber im Grunde heißt das *Klee-et.* – Fertig? Dann wollen wir mal.«

Spock verstand natürlich sofort, was dieses Wort bedeutete, und McCoy erinnerte sich an ihren letzten, nicht gerade gemütlichen Aufenthalt auf Vulkan, als Spock die Brunft erwischt hatte. Es war ein vulkanisches Wort, das in seiner ursprünglichen Bedeutung soviel wie *fertig zum Angriff* hieß.

Kirk teilte die Karten aus und ließ dabei Kalos Karte über den Tischrand segeln.

»O Verzeihung.«

»Ich hebe sie schon auf.«

Kalo beugte sich zu Boden. Im gleichen Augenblick packte Kirk den Tisch und stieß ihn den beiden anderen in den Bauch. McCoy und Spock waren bereit. Sekunden später waren die drei Wachen zu Bündeln verschnürt. Kirk verteilte die Waffen.

»Spock, suchen Sie die Radiostation. Uhura überwacht den gesamten Funkverkehr. Schalten Sie sich ein, und lassen Sie sich zusammen mit McCoy an Bord beamen.«

»Sie kommen nicht mit zurück, Captain?«

»Nicht ohne Bela Okmyx.«

»Jim, du kannst doch nicht…«

»Wir von der Föderation sind für die verfahrene Lage auf diesem Planeten verantwortlich, Pille. Wir müssen versuchen, die Sache auszubügeln. Ihr habt eure Befehle. Gehen wir.«

Kirk kam sich anfangs ein bißchen komisch vor, als er mit einer uralten Waffe wie einer Maschinenpistole unter dem Arm die Straße entlangschlenderte. Aber keiner der Passanten schien etwas dabei zu finden. Im Gegenteil, es schien eine Art Status-Symbol zu sein. Die Menschen gingen ihm bereitwillig aus dem Weg.

Aber plötzlich hörte er Schritte hinter sich, und dann wurden ihm zwei Revolvermündungen ins Kreuz gedrückt. Er war in einen Hinterhalt gelaufen. Aber wie hatte Bela so schnell von ihrer Flucht erfahren?

Die Antwort darauf sollte er sofort haben. Die beiden Gangster, die ihn überfallen hatten, stießen ihn in einen Wagen. Die Fahrt dauerte sehr lange, und am Ende fand sich Kirk wieder in einer Art Büro, das dem Belas glich wie ein Ei dem anderen. Aber der Mann, der hinter dem Schreibtisch saß, war klein, dick und glatzköpfig. Er stand auf und lächelte Kirk freundlich an.

»Sie sind also der Knabe von der Föderation. Sieh mal an. – Ich bin Krako – Jojo Krako, Boß des Süd-Territoriums. Freut mich wirklich, Ihre Bekanntschaft zu machen.«

»Würden Sie mir sagen, woher Sie von mir wissen?«

»Ich habe Belas Telefonleitung angezapft. Der kann sich nicht mal mit 'ner Biene verabreden, ohne daß ich Wind davon kriege. Und jetzt fragen Sie sich wahrscheinlich, warum ich Sie eingeladen habe, nicht wahr?«

»Sie brauchen es mir nicht zu sagen. Sie wollen mit mir ein Abkommen treffen, nicht wahr?«

Krako strahlte. »So was gefällt mir. – Ein heller Bursche, was, Jungens?«

»Sehr heller Bursche, Boß.«

»Darf ich noch einmal raten?« sagte Kirk. »Sie wollen von mir – Ballermänner, nicht wahr? Und ein paar Männer, die Ihnen zeigen, wie man damit umgeht. Und Sie wollen dann die anderen Bosse angreifen und die Herrschaft über den ganzen Planeten übernehmen, und dann könnten wir uns zusammensetzen und verhandeln, richtig?«

»Falsch«, sagte Krako. »Wir werden mehr tun, als nur verhandeln. Ich kenne Bela. Der hat Ihnen kein wirkliches Angebot gemacht. Ich bin aber ein vernünftiger Mann. Geben Sie mir, was ich haben will, dann beteilige ich Sie mit – sagen wir – einem Drittel. Netto. Wie klingt das?«

»Ich habe eine noch bessere Idee. Sie wissen, daß dieser Planet vor allem eine Zentralregierung braucht. Also werden Sie und ich und Bela die anderen Bosse zusammenrufen und die Angelegenheit wie erwachsene, vernünftige Männer durchsprechen.«

Krako schien ehrlich empört. »Davon steht nichts im *Buch*, Kirk! Wir sind moralisch verpflichtet, uns an *Das Buch* zu halten! Wir wissen, was wir tun müssen! Halten Sie uns eigentlich für völlig blöd!«

»Nein, Mr. Krako«, sagte Kirk seufzend. »Ich halte Sie nicht für blöd. Aber Sie sind sehr töricht.«

»Freundchen, ich kenne Mittel und Wege, um mir alles zu beschaffen, was ich haben will. Sie leben doch sicher ganz gern, Kirk? – Natürlich leben Sie gern. Also gebe ich Ihnen einen guten Rat: Tun Sie, was ich von Ihnen verlange, sonst dürfte es Ihnen leid tun. – Zabo, sagen Sie Cirl, er soll schon auf alle Fälle sein Messer wetzen. Vielleicht habe ich heute noch einen Job für ihn.« Wieder lächelte er. »Aber wenn Sie mir die Ballermänner geben, können Sie Ihre Ohren behalten.«

»Kommt nicht in Frage.«

»Schade. Legt ihn auf Eis.«

Die beiden Gangster stießen Kirk hinaus.

Spock hatte an Bord der *Enterprise* nicht viel mehr Glück. Es stellte sich heraus, daß die Datenbank der Bordcomputer keine der Situation entsprechenden Aufzeichnungen enthielt; nicht einmal solche über eine auf einer moralischen Inversion beruhenden Kultur. Und ohne solche Informationen halfen weder die Vernunft noch die Logik viel weiter.

»Mr. Spock«, sagte Uhura, »Mr. Okmyx ruft uns an.«

Spock trat rasch an das Schaltbrett. »Hier ist Spock, Mr. Okmyx.«
»Wie sind Sie an Bord gekommen?«
»Das spielt keine Rolle. Wir sind jedenfalls hier.«
»Ja, das merke ich. Aber Sie sollten sich besser wieder herunterscheren! Krako hat Ihren Captain eingesackt!«
Spock hob auf seine unnachahmliche Art eine Augenbraue. »Und aus welchem Grund?«
»Dreimal dürfen Sie raten.«
»Wenn ich Sie richtig verstanden habe, stehen wir vor einem ziemlich schwierigen Problem. Haben Sie irgendwelche Vorschläge?«
»Klar. Ihr habt etwas, das ich haben will. Wenn ihr es mir gebt, haue ich euren Captain heraus. Abgemacht?«
»Ich fürchte, daß man Ihnen nicht sehr trauen kann, Sir.«
»Vergessen Sie doch, was gewesen ist! Reden wir lieber vom Geschäft. Sie kommen wieder herunter, und meine Jungens holen Kirk heraus. Dann werden wir uns darüber unterhalten, wie Sie mir helfen können.«
»Da wir unseren Captain unbedingt befreien müssen«, sagte Spock nach kurzem Überlegen, »nehme ich den Vorschlag an. Wir sind in zehn Minuten in Ihrem Büro. Spock Ende.«
McCoy hatte alles mitgehört. »Trauen Sie ihm etwa?« fragte er.
»Wenn wir den Captain retten wollen, ohne gleich massive Kampfmittel anwenden zu müssen, brauchen wir die Hilfe der Einheimischen. Im Augenblick sind wir gezwungen, Mr. Okmyx zu trauen.« Er wandte sich an Scott. »Mr. Scott, ich hoffe zwar, ohne den Einsatz unserer Waffen auszukommen. Trotzdem möchte ich, daß Sie eine Batterie von Phaser-Geschützen auf *Betäubung* schalten und feuerbereit machen.«
»Jetzt«, sagte McCoy, »reden Sie endlich wieder vernünftig.«
Spock antwortete nicht. Die ganze Situation gefiel ihm nicht. Okmyx war alles andere als dumm, und die Anwendung von Gewalt war durch Grundregel Eins generell verboten. In einer solchen Situation konnte er nichts anderes tun, als sich das Prinzip Captain Kirks zueigen zu machen und die Entwicklung der Situation abzuwarten.
Bela hatte selbstverständlich eine Falle vorbereitet. Spock hatte das genau gewußt, aber es gab für ihn einfach keine Möglichkeit, ihr zu entgehen. Was er nicht erwartet hatte – und auch Bela Okmyx nicht –, war das plötzliche Erscheinen Kirks, mit einer Maschinenpistole unter

dem Arm.

»Wie sind Sie Krako entkommen?« fragte Spock interessiert, nachdem er die Gangster entwaffnet hatte.

»Krako hat den unverzeihlichen Fehler begangen, mir ein Radio in der Zelle zu lassen. Und das war alles, was ich brauchte, um den guten alten Stolperdraht-Trick wieder mal auszuprobieren. – Ich dachte, ich hätte Sie an Bord zurückgeschickt?«

»Wir sind auch dort gewesen, Captain. Die Situation hat unsere Rückkehr erforderlich gemacht.«

»Na gut. Haben Sie durch die Computer etwas in Erfahrung bringen können?«

»Nicht viel, Captain. Logik und das Wissen von allgemeinen Fakten scheinen hier nicht viel auszurichten.«

»Das geben Sie zu?« sagte McCoy erstaunt.

»Sehr widerwillig, Doktor.«

»Dann haben Sie sicher nichts dagegen, wenn ich mich hier auf mein Gefühl verlasse«, sagte Kirk.

»Ich halte nicht sehr viel davon, Sir; aber ich kann Ihnen keine praktikable Alternative nennen.«

»Was hast du vor, Jim?«

»Jetzt, da ich Bela habe, werde ich mir auch Krako einfangen.«

»Krako?« sagte Bela. »Das kann doch nicht Ihr Ernst sein.«

»Warum denn nicht?« Kirk wandte sich Bela zu und strich über den Aufschlag seiner Jacke. »Hübsches Material.«

»Das muß es wohl sein bei dem Preis.«

»Ziehen Sie es aus. Sie auch.«

»He! Wie kommen Sie dazu …«

»Ziehen Sie den Anzug aus, mein Freund. Diesmal wird mich niemand erwischen.«

Widerwillig zogen Bela und Kalo ihre Anzüge aus. Kirk und Spock zogen sie an. Dann klemmten sie sich jeder eine Maschinenpistole unter den Arm und ließen die beiden Gefangenen in der Obhut McCoys zurück.

Vor dem Bürogebäude stand eine große, schwarze Limousine, die Okmyx gehörte. Kirk griff in die Tasche des ausgeborgten Jacketts und zog die Zündschlüssel heraus. Sie stiegen ein.

»Wissen Sie, wie man so was lenkt, Spock?«

»Nein, Captain. Aber es dürfte nicht allzu schwierig sein.«

»Mal sehen«, sagte Kirk und blickte auf das Armaturenbrett. – »Ein Schlüsselloch. Für den Zündungsprozeß wahrscheinlich.«

Er steckte den Schlüssel hinein und drehte ihn nach rechts. Der Motor sprang an.

»Sehr interessant«, sagte Spock.

»Zumindest läuft die Maschine jetzt. Nun überlegen wir mal weiter. Als nächstes muß man wohl das Getriebe an den Antriebsmechanismus schalten, denke ich.«

Er zog an einem Hebel. Das einzige Resultat war ein knirschendes Mahlen, das er sowohl hören als auch mit der Hand fühlen konnte.

»Ich glaube mich zu erinnern, daß es da noch ein Gerät gab, das sich ›Kupplung‹ nannte. Vielleicht ist es eine dieser Pedalen, die wohl mit dem Fuß bedient werden müssen...«

Das rechte Pedal ließ nur den Motor lauter aufheulen. Das mittlere rief gar keine Reaktion hervor; aber als Kirk das linke Pedal trat, ließ der Gang sich sanft und leicht einlegen. Er ließ das Pedal langsam wieder los, und der Wagen machte einen Satz nach vorn.

Kirk hatte sich den Weg zu Krakos Büro genau gemerkt; aber die Strecke kam ihm endlos lang vor. Irgend etwas war mit der Kupplung, das er noch nicht ganz gemeistert hatte. Glücklicherweise wichen alle Fußgänger dem großen, schwarzen Wagen in weitem Bogen aus. Spock klammerte sich mit beiden Händen am Sitz fest, und als es vorbei war, sagte er: »Captain, Sie sind wirklich ein erstklassiger Raumschiff-Kommandant; aber als Taxifahrer würde ich Sie nicht weiterempfehlen.«

»Mir fehlt weiter nichts als ein bißchen Übung«, sagte Kirk. »Lassen Sie diese unhandlichen Maschinenpistolen unter dem Sitz, Spock. Wir nehmen die Phaser.«

Auf ihrem Weg zu Krakos Büro ließen sie ein Dutzend betäubter Wachen zurück. Der Boß schien nicht im geringsten überrascht zu sein, als sie plötzlich die Tür aufstießen und in sein Büro stürmten. Hinter ihm standen vier Gangster, die Mündungen ihrer Maschinenpistolen auf die Tür gerichtet.

»Wenn Sie nicht schießen, schießen wir auch nicht«, sagte Krako rasch.

»Also ein Patt«, sagte Spock.

»Wer ist das Freundchen mit den spitzen Ohren?« fragte Krako erstaunt. »Na, lassen wir das. Ist das nicht wirklich schön? Ich habe mir die ganze Zeit den Kopf zerbrochen, wie ich Sie wieder zurückkriegen könnte, und da kommen Sie ganz von selbst und freiwillig hereinspaziert. Und diesmal werde ich dafür sorgen, daß Sie mir nicht wieder entkommen.«

»Wir sind nicht hergekommen, um zu spielen«, sagte Kirk. »Die Angelegenheit ist wichtiger als Sie oder Okmyx oder einer der anderen Bosse.«

Der Phaser, den Krako Kirk abgenommen hatte, lag immer noch gesichert auf dem Schreibtisch. Krako tippte mit dem Finger darauf. »Der Quatsch interessiert mich nicht. Zeigen Sie mir jetzt, wie man das Dings abfeuert.«

»Krako«, sagte Kirk. »Können Sie allen Ihren Männern wirklich vertrauen?«

»Klar«, sagte der Boß. »Wenn ich ihnen nicht mehr trauen kann, sind sie tot.«

»Normalerweise vielleicht. Aber wenn er an eine dieser Waffen kommt... eine einzige davon kann einen Mann hier zu einem neuen großen Boß machen.«

Krako dachte ein paar Sekunden lang darüber nach. Dann befahl er: »Zabo und Karf, ihr bleibt hier! Die beiden anderen raus!«

Er wartete, bis die Männer den Raum verlassen hatten, dann fuhr er fort: »Die beiden sind okay! Und jetzt, da wir unter uns sind, sagen Sie mir, wie man das Ding da bedient.«

Kirk trat rasch auf Krako zu. »Lassen Sie die Kindereien, Krako! Wir haben keine Zeit, uns mit den Spielzeugen zu beschäftigen!«

»Spielzeugen?«

»Warum, glauben Sie, sind wir zurückgekommen? Um uns ein paar Prozente auszuhandeln? Das ist für eine Organisation wie die Föderation doch nicht mal ein Taschengeld!«

»Wirklich?« fragte Krako, verdattert über die plötzliche Wendung des Gesprächs.

»Zweifellos«, sagte Spock kühl.

»Wir sind hergekommen, weil wir hier die Führung übernehmen. Über den ganzen lausigen Planeten, kapiert? Und wenn Sie mitspielen, kriegen *Sie* vielleicht ein Stück vom Kuchen ab.«

»Ein sehr kleines Stück«, setzte Spock hinzu.

»Und wieviel ist das?« fragte Krako.

»Das kommt später.«

»Aber ich dachte, ihr habt so 'ne Art Gesetz über Nichteinmischung und...«

»Wer mischt sich denn ein? Wir übernehmen die ganze Kiste, das ist alles.«

Spock schien ein wenig beunruhigt. »Äh – Captain...«

»Nicht jetzt, Spock. Später.«

»Was haben Sie vor?« fragte Krako.

Kirk gab ihm einen Wink, aufzustehen, und als der verwirrte Gangster gehorchte, setzte Kirk sich einfach auf dessen Platz und legte die Füße auf den Schreibtisch. Dann bediente er sich von Krakos Zigarren.

»Die Föderation will diesen Planeten haben; aber wir haben keine Lust, uns deshalb mit euch anzulegen. Das wäre nicht klug, klar? Wir wollen einfach einen von euch Bossen helfen, den ganzen Laden zu übernehmen. Er bestimmt hier auf dem Planeten, was die anderen tun sollen, und wir bestimmen, was *er* zu tun hat. Kapiert?«

»Aber wie hoch ist der Anteil, den Sie verlangen?«

Kirk blickte nachdenklich zur Decke. Dann sagte er: »Was braucht Sie das zu interessieren, solange Sie hier der Boß sind? Stimmt's, Spoky-Boy?«

»Genau, Boß«, sagte Spock und fand sich zwar etwas spät, aber offensichtlich mit großem Vergnügen in seine Rolle. »Natürlich ist da immer noch dieser Bela Okmyx.«

Krako überlegte einen Augenblick. »Ich spiele mit. Rufen Sie Ihr Schiff an, und holen Sie ein paar von Ihren Jungens runter, und was Sie sonst noch brauchen.«

Kirk stand auf und schaltete seinen Kommunikator ein.

»Kirk an *Enterprise.*«

»*Enterprise.* Hier Scott.«

»Scotty, wir haben ein Abkommen mit Krako getroffen.«

»Tatsächlich, Sir?«

»Wir werden den ganzen Laden hier übernehmen, sobald ihr da oben bereit seid.«

»Halten Sie das für richtig, Sir?« fragte Scotty verwirrt.

»Klar! Wir können uns auf Krako verlassen. Ihm bleibt keine andere Wahl. Er steht jetzt neben mir, *genau einen Meter zu meiner Linken.* Er ist bereit, unser Freund zu werden; aber ich habe das Gefühl, er traut uns noch nicht recht. Ich würde ihm deshalb gern unser Schiff zeigen, nur damit er sich überzeugen kann, daß ich es ehrlich mit ihm meine. Sie wissen doch, wie so etwas ist.«

»O ja, Sir«, sagte Scotty. »Ich weiß es.«

»Wir brauchen Phaser für alle Männer von Krakos Gang, und ein Dutzend Berater, die sie unterweisen und beim Überfall auf Okmyx unterstützen. Unternehmen Sie schon etwas, Scotty?«

»Ja. Uhura hat den Transporter-Raum mobilisiert, und zwei Leute sind schon unterwegs dorthin. Wir warten nur noch auf Ihren Befehl.«

»Okay, Scotty. Es kann losgehen!«

Krako blickte Kirk verwirrt an. »Wollen Sie alle Ihre Jungens sofort herunterbringen?«

»Nein – ich habe etwas anderes vor.« Während er sprach, ertönte das vertraute Summen des Tranporter-Effekts, und Krakos Gestalt löste sich in einem Schimmern auf.

Zabo und Karf starrten wie betäubt auf die Stelle, an der eben noch ihr Boß gestanden hatte; und eine Sekunde später waren sie wirklich betäubt.

»Gut gemacht – Spocky-Boy.«

Spock verzog das Gesicht. »Also haben wir jetzt Krako – eingesackt. Und wie geht es weiter, Captain?«

»Jetzt zu Belas Büro.«

»Mit dem Wagen, Captain?«

»Es geht schneller als zu Fuß. Sagen Sie mir nur nicht, daß Sie Angst vor Autos haben, Spock.«

»Überhaupt nicht. Nur vor Ihren Fahrkünsten.«

Durch die Tür von Belas Büro hörten sie McCoy fragen: »Wo *bleiben* Sie bloß?«

Und dann sagte Belas Stimme: »So wie ich Krako kenne, können Sie froh sein, wenn er sie stückweise zurückschickt.«

Kirk trat in das Büro. »Wieder falsch geraten, Okmyx.« Er schob den erleichterten McCoy grob zur Seite. »Aus dem Weg, Knochenflicker. Ich will jetzt mit dem Kerl ein paar Takte Fraktur reden. Ich habe es satt, mit diesen Vorzimmerzwergen zu quatschen.«

»Wen nennen Sie einen Vorzimmerzwerg?« sagte Bela giftig.

»Sie natürlich, Freundchen. Und jetzt hören Sie zu! Die Föderation will den Planeten einsacken, deshalb sind wir hier. Wenn ihr mitspielt, kriegt ihr ein Stück vom Kuchen ab. Wenn nicht, steht ihr draußen.

Klar?« Er hielt Bela die Mündung des Phasers unter die Nase, um seinen Worten Nachdruck zu verleihen.

»Ja – ja, klar, Kirk. Warum haben Sie das nicht gleich gesagt? Ich meine – wenn Sie die Situation von Anfang an klargestellt hätten...«

»Jetzt ist sie klar, oder?«

Bela nickte stumm.

Der Kommunikator trat wieder in Tätigkeit.

»Scotty«, sagte Kirk, »haben Sie Krako da oben auf Eis gelegt?«

»Ja, Captain.«

»Halten Sie ihn fest, bis ich Ihnen weitere Befehle gebe. Wir machen jetzt ein paar altertümliche Telefonanrufe von diesen Koordinaten aus. Peilen Sie in jedem Fall die Empfänger der Anrufe an und transportieren Sie sie zu uns ins Büro.« Er wandte sich an Bela: »Okay, Okmyx, rufen Sie jetzt die anderen Bosse an.«

Bela zuckte die Achseln, trat zum Telefon und wählte eine vierstellige Nummer.

»Hallo, Tepo? – Rate mal. – Ja, ich weiß, ich traue mir schon was. Aber was wollen Sie dagegen tun?«

Es summte, und Tepo materialisierte, die Hand – jetzt ohne Telefonhörer – immer noch am Ohr. McCoy trat auf ihn zu und nahm ihm den Revolver ab.

Bela grinste zufrieden. »He, das ist wirklich ein tolles Ding!«

»Die nächste Nummer«, sagte Kirk.

Eine halbe Stunde später drängten sich elf völlig verstörte Gangster-Bosse in Okmyx' Büro, unter ihnen auch Krako. Kirk stieg auf den Schreibtisch, einen der altmodischen Revolver in der Hand.

»Hallo, Freunde, und jetzt haltet den Rand! Ich werde euch nun sagen, wie die Sache weitergeht und was ihr zu tun habt. Die Föderation hat den Laden hier übernommen, ob es euch paßt oder nicht. Ist das klar? – Okay! Ihr habt den Planeten wie ein Haufen von Kleinkrämern regiert. Von jetzt an ist alles unter einem Dach. Ihr werdet ein Syndikat bilden und wie eine richtige Firma arbeiten. Nur auf die Weise kommt ihr zu einem Profit.«

»Meinen Sie? Und wieviel Prozente davon wollen Sie haben?«

»Die Föderation bekommt vierzig Prozent aller Einnahmen.« Er richtete die Waffe auf Tepo. »Irgendwelche Einwände?«

Tepo stand offensichtlich nicht zum ersten Mal vor der Mündung eines Revolvers. So etwas beeindruckte ihn nicht besonders. »Ich höre von Ihnen nur einen Haufen Gerede, Kirk. Und ich sehe nur Sie und zwei von Ihren Jungens. Wo ist denn diese Föderation?«

»Hört zu, sie haben ein Raumschiff«, sagte Krako. »Ich war selber an Bord.«

»Schon möglich, aber Tepo hat recht«, sagte Bela. »Wir haben bis jetzt nur diese drei gesehen.«

»Und ich habe auf dem Schiff nur drei andere Jungens und eine Biene zu Gesicht gekriegt«, sagte Krako nachdenklich. »Vielleicht sind es gar nicht mehr...«

»Wir haben vierhundert...«

Draußen krachte es, und dann prasselten Salven aus Revolvern und Maschinenpistolen. Krako, der neben dem Fenster stand, blickte vorsichtig hinaus.

»Es sind meine Jungens«, berichtete er. »Sie glauben anscheinend, ich bin immer noch an Bord des Schiffes. Sie wollen den Laden hier überfallen.«

»Meine Jungens werden Sie zu Hackfleisch verarbeiten.«

»Wollen wir wetten?«

Kirk hatte bereits den Kommunikator eingeschaltet.

»Scotty, schalten Sie die Phaser-Geschütze auf ›Betäubung‹ und feuern Sie eine Salve rund um diese Koordinaten herum, aber ohne das Gebäude zu treffen!«

»Sofort, Sir.«

Kirk blickte die verstörten Gangster an. »Und jetzt, Gentlemen, werde ich Ihnen die Arbeit der Föderation demonstrieren.«

Die Männer diskutierten, argumentierten und protestierten ein paar Sekunden lang erregt, bis das Fenster vom Effekt des Phaser-Feuers grell erleuchtet wurde.

Im gleichen Augenblick wurde es totenstill.

Krako lächelte säuerlich und sagte: »Das ist doch nur ein Trick...«

»Sie sind nicht tot«, sagte Kirk, »sondern nur für ein paar Stunden bewußtlos. Wir hätten sie aber genausogut töten können.«

»Okay«, seufzte Bela. »Wir haben kapiert. Sie haben vorhin von einem Syndikat gesprochen.«

»Nein, er hat vom Anteil der Föderation gesprochen«, sagte Tepo. »Bleibt es bei den vierzig Prozent?«

»Ich denke schon. Wir werden jedes Jahr jemanden herschicken, um unseren Anteil einzukassieren – und Sie zu beraten, falls es notwendig sein sollte.«

»Klingt ganz annehmbar«, sagte Bela und starrte die anderen an. »Seid ihr nicht auch der Meinung, daß es annehmbar ist?«

Die anderen murmelten zustimmend.

Kirk lächelte. »Wenn es so ist, Gentlemen, soll Okmyx etwas von seinem selbstgebrannten Zeug herausrücken, und dann wollen wir uns in aller Ruhe über die Einzelheiten unterhalten.«

Auf der Brücke der *Enterprise* lief die gewohnte Routine ab. Kirk saß in seinem Kommandantensessel und fühlte sich in Uniform erheblich wohler als vorher in der Kleidung der Gangster.

»Ihre Lösung des Problems auf Iota war zwar äußerst unkonventionell«, sagte Spock; »aber ich muß zugeben, die einzig praktikable in dieser Situation.«

»Was Sie jetzt bedrückt, ist die Unlogik, ein Gangstersyndikat an die Stelle einer Regierung zu setzen, nicht wahr?«

»Ich habe da wirklich meine Bedenken. Und wie wollen Sie dem Sternenflotten-Kommando erklären, daß die *Enterprise* jedes Jahr hier erscheint, um ›unseren Anteil‹, wie Sie es nannten, einzukassieren?«

»Das Geld wird dem Fiskus des Planeten übergeben – und die Eintreiber und Berater werden den Iotanern helfen, zu einem konventionelleren und ethischeren System zurückzufinden. Bis dahin wird das Syndikat sich um die Bedürfnisse der Bevölkerung kümmern. Unsere Gruppe von ›Gouverneuren‹ lernt schon, diese Verantwortung auf sich zu nehmen. Ihre Führung und Unterweisung – das ist unser Stück vom Kuchen.«

Spock überlegte. »Ja, das klingt logisch. Aber sagen Sie mir, Captain, wie sind Sie auf diese ausgefallene Idee gekommen? Und wie haben Sie den Jargon dieser Gangster so rasch erlernt?«

Kirk grinste. »Das habe ich Krako zu verdanken. Neben dem Radio hat er mir auch etwas zu lesen in der Zelle gelassen.«

»Ja, natürlich. *Das Buch!*«

»Spocky-Boy, Sie haben's kapiert.«

Nachwort

Der Weltraum... Unendliche Weiten... Wir schreiben das Jahr 2200. Dies sind die Abenteuer des Raumschiffs ENTERPRISE, das mit seiner 400 Mann starken Besatzung fünf Jahre lang unterwegs ist, um neue Welten zu erforschen, neues Leben und neue Zivilisationen. Viele Lichtjahre von der Erde entfernt dringt die ENTERPRISE in Galaxien vor, die kein Mensch zuvor gesehen hat...

Als am 8. September 1966 die erste Folge einer neuen SF-Fernsehserie von NBC ausgestrahlt wurde, wurde ein neues Kapitel in der Geschichte der Science Fiction geschrieben: STAR TREK hatte seine Premiere. Zum ersten Mal war das Raumschiff *Enterprise* mit seiner vierhundertköpfigen Besatzung unter dem Kommando von Captain James T. Kirk in den Weiten des Kosmos unterwegs, um ihrem Auftrag gemäß neue Welten zu erforschen, neues Leben und neue Zivilisationen zu entdecken. Dies war die Geburt eines Phänomens, das, auch was den weltweiten Erfolg betrifft, ein würdiger Vorläufer von Kassenschlagern wie KRIEG DER STERNE, KAMPFSTERN GALACTICA oder UNHEIMLICHE BEGEGNUNGEN DER DRITTEN ART war.

Die Idee zu dieser SF-Serie stammte von Gene Roddenberry, einem talentierten Schriftsteller mit einem Background als Flugpilot, der auch über eine Ausbildung als Flugingenieur verfügte. Roddenberry, der selbst ein begeisterter SF-Leser war, fand alles, was bis Mitte der sechziger Jahre im Fernsehen und Kino in diesem Genre erschienen war, unbefriedigend und war der festen Überzeugung, daß man es besser machen könnte – mit mehr Begeisterung, glaubhafteren Schauspielern und exzellenten und ideenreichen Drehbüchern. So entwikkelte er die Grundidee der Serie und die Haupthandlungsträger: den Kommandanten der *Enterprise*, Captain James T. Kirk; den Halbvulkanier Mr. Spock, Erster Offizier und Wissenschaftsoffizier; den Bordarzt Dr. Leonard McCoy, Spitzname »Pille«; den weiblichen

Nachrichtenoffizier, Leutnant Uhura, Chefingenieur Montgomery Scott, genannt »Scotty«; den Steuermann und Waffenoffizier Mr. Sulu; und den Navigator Paul Chekov – die Stammannschaft, die in nahezu jedem Abenteuer mit von der Partie ist. Mit dem Script für den Pilotfilm machte sich Roddenberry in Hollywood auf die Suche nach einem Produzenten, und nach mehreren Mißerfolgen fand er diesen schließlich in Desilu Productions Inc., die 1968 von Paramount Pictures Corporation aufgekauft wurde und für NBC arbeitete.

Die als Pilotfilm geplante Episode »The Cage« wurde jedoch nicht realisiert, da NBC sie mangelhaft fand. Ihre Grundidee wurde jedoch als Rückblick innerhalb der Episode »The Menagerie« verwendet, dem einzigen Zweiteiler der Serie. So startete STAR TREK mit der Episode »The Man Trap«, der weitere 77 Abenteuer der Crew des Raumschiffs *Enterprise* folgen sollten. Als NBC nach zwei Saisonen (Episoden 1–55) die Einstellung der Serie beschloß, erhob sich von seiten der Zuseherschaft ein Proteststurm, der die Verantwortlichen des Senders zum Umdenken bewog. Doch nach dem Ende der 3. Saison kam das endgültige Aus, und auch eine neuerliche Briefkampagne konnte an dieser Entscheidung nichts mehr ändern.

STAR TREK hatte schon, als es von NBC ausgestrahlt wurde, eine große Zahl treuer Zuschauer gehabt. Der eigentliche große Erfolg stellte sich aber erst ein, als die Serie in der Folge von weiteren Fernsehsendern gleichzeitig ausgestrahlt wurde. In den USA waren das rund 250 Sender, die für eine ungeheure Popularität der Serie sorgten. Eine Popularität, die bis heute ungebrochen ist. Darüber hinaus wurde STAR TREK in mehr als 50 Länder verkauft, darunter auch nach Deutschland, wo sie unter dem Titel RAUMSCHIFF *Enterprise* lief. Allerdings wurden hierzulande nur 39 Folgen ausgestrahlt, also genau die Hälfte allen zur Verfügung stehenden Materials. Wie in den USA und in vielen anderen Ländern der Erde wurde und wird diese SF-Serie immer wieder gesendet und begeistert neue Sehergenerationen. Hand in Hand damit ging und geht ein internationales STAR TREK-Fandom, das in die Hunderttausende geht.

Mit ein Grund für den unvergleichlichen Erfolg von RAUMSCHIFF *Enterprise* – der Erfolg der Filme führte zur Produktion von 22 STAR TREK-Zeichentrickfilmen – ist zweifellos, daß eine große Anzahl bekannter und versierter SF-Autoren zur Mitarbeit gewonnen werden konnte. Dazu gehörten u. a. Richard Matheson, Jerry Sohl,

Harlan Ellison, Theodore Sturgeon, Robert Bloch, D. C. Fontana, Max Ehrlich, Norman Spinrad, Gene L. Coon, Jerome Bixby, David Gerrold und Gene Roddenberry selbst. Zwei dieser Drehbücher wurden mit dem HUGO AWARD ausgezeichnet: »The Menagerie« von Gene Roddenberry (HUGO 1967) und »City on the Edge of Forever« (HUGO 1968); letzteres wurde auch von den Fernsehautoren zum besten Drehbuch des Jahres gewählt.

Bantam Books erwarb die Rechte an den Adaptionen zur Serie und verpflichtete James Blish dafür. Der britische SF-Autor, Jahrgang 1921, der bis zu diesem Zeitpunkt 27 Romane und Kurzgeschichtensammlungen veröffentlich hatte, faßte immer mehrere Episoden zu einem Taschenbuch zusammen. Als Vorlage dienten ihm dabei die Drehbücher, die er gelegentlich leicht für dieses Medium bearbeitete. Die erste Sammlung mit sieben Folgen erschien im Januar 1967 und begründete den Erfolg von STAR TREK auch in diesem Medium – sie erreichte bislang mehr als 30 Auflagen. Bis zum April 1975 folgten zehn weitere Sammlungen, und das Ende lag greifbar nahe. Doch Blish war es nicht vergönnt, seine Arbeit an STAR TREK vollenden zu können, denn kurz nach Erscheinen von STARK TREK II, mitten in der Arbeit an dem 12. Band, starb er an Lungenkrebs. Die Auftraggeber waren schließlich einverstanden, daß Blishs langjährige Mitarbeiterin und spätere Ehegattin J. A. Lawrence zwei Episoden für diesen Band selbst schrieb und die beiden letzten noch fehlenden um den Schwindler Harry Mudd zu einem Roman erweiterte (»Mudd's Angels«), womit die Adaption der TV-Serie komplett vorlag. Die 22 Zeichentrickfolgen wurden übrigens ebenfalls adaptiert, und zwar von Alan Dean Foster für Ballantine Books (STAR TREK LOG 1–10).

Für die vorliegende Veröffentlichung der ORIGINALABENTEUER VON RAUMSCHIFF *Enterprise* wurde eine frühere deutschsprachige Ausgabe sorgfältig überarbeitet und die Diktion der in den deutschen TV-Folgen verwendeten angepaßt. So sehr es im Interesse der Fans und Leser wünschenswert gewesen wäre – und auch ursprünglich geplant war –, war es aus rechtlichen Gründen nicht möglich, die Abenteuer in der Reihenfolge ihrer Ausstrahlungen zu veröffentlichen. Die Angabe der Episodennummer soll es dem interessierten Leser jedoch ermöglichen, die Erzählungen in der richtigen Reihenfolge zu lesen und ihnen ihren Platz in der Chronologie zuzuordnen. Denn so werden nicht nur verschiedene innere Zusammenhänge der Serie deutlich, es kommt auch die Entwicklung der Protagonisten dabei viel stärker zum Ausdruck.

STAR TREK LIVES! – Das war der Schlachtruf der *Trekkies,* mit dem die Fans eine Fortführung der Serie forderten und diese auch in Form von bislang drei abendfüllenden Spielfilmen erhielten. RAUMSCHIFF *Enterprise* LEBT! Das beweisen nicht nur die laufenden Neuausstrahlungen der Fernsehepisoden in aller Welt, die Massencons der STAR TREK-Fans, die zahllosen Publikationen zu und über diese Serie, die schon zu einem SF-Mythos geworden ist. Und RAUMSCHIFF *Enterprise* wird weiterleben, solange es Fernsehzuschauer, Kinobesucher und nicht zuletzt Leser gibt, die Spaß an abenteuerlicher und unterhaltender Science Fiction haben.

Hermann Urbanek

GOLDMANN ROLLENSPIELBÜCHER
EINSAMER WOLF

23950

23951

23952

23953

Du bist der einsame Wolf

Eine faszinierende, geheimnisvolle und von mächtigen Gegnern beherrschte Welt, in der du selbst die wichtigste Rolle spielst, erwartet dich.

GOLDMANN